# EL CHICO QUE
# ME REGALÓ EL MAR

Papel certificado por el Forest Stewardship Council®

Primera edición: abril de 2025

© 2025, Ana Alcolea
© 2025, Penguin Random House Grupo Editorial, S. A. U.
Travessera de Gràcia, 47-49. 08021 Barcelona

Penguin Random House Grupo Editorial apoya la protección de la propiedad intelectual. La propiedad intelectual estimula la creatividad, defiende la diversidad en el ámbito de las ideas y el conocimiento, promueve la libre expresión y favorece una cultura viva. Gracias por comprar una edición autorizada de este libro y por respetar las leyes de propiedad intelectual al no reproducir ni distribuir ninguna parte de esta obra por ningún medio sin permiso. Al hacerlo está respaldando a los autores y permitiendo que PRHGE continúe publicando libros para todos los lectores. De conformidad con lo dispuesto en el artículo 67.3 del Real Decreto Ley 24/2021, de 2 de noviembre, PRHGE se reserva expresamente los derechos de reproducción y de uso de esta obra y de todos sus elementos mediante medios de lectura mecánica y otros medios adecuados a tal fin. Diríjase a CEDRO (Centro Español de Derechos Reprográficos, http://www.cedro.org) si necesita reproducir algún fragmento de esta obra.
En caso de necesidad, contacte con: seguridadproductos@penguinrandomhouse.com

*Printed in Spain* – Impreso en España

ISBN: 978-84-19514-46-2
Depósito legal: B-2642-2025

Compuesto en Grafime S. L.

Impreso en Black Print CPI Ibérica
Sant Andreu de la Barca (Barcelona)

NT 14462

ANA ALCOLEA

# EL CHICO QUE ME REGALÓ EL MAR

NUBE **DE TINTA**

Aunque la novela comienza con dos hechos históricos,
como son la evacuación de niños a Rusia durante 1937,
y la repatriación de cientos de españoles en 1957,
los personajes que aparecen y sus peripecias son ficticios.
Todo parecido con realidades personales
sería una casualidad.

# MAGDALENA

# 1

Nunca un nombre me había hecho temblar tanto.

—¡Mauricio San Bartolomé Argandoña! —gritó uno de los agentes que nos acompañaban.

Repitió aquel nombre tres veces hasta que por fin un joven se movió por la cubierta para acercarse a la escalerilla. El corazón había empezado a latirme muy deprisa. Veinte años antes, Mauricio San Bartolomé Argandoña y yo habíamos viajado juntos en otro barco desde Gijón hasta Leningrado. Nos habíamos conocido en el muelle y nos habíamos enamorado.

Veinte años antes.

Veinte años.

Me acerqué todo lo que pude a la escalerilla de aquel buque ruso que se llamaba Crimea, y que nos había traído desde Odesa hasta Valencia. Lo miré mientras entregaba un documento al oficial que había dicho su nombre.

Su nombre.

El nombre que tanto había amado, escrito y echado de menos.

No.

Aquel hombre no era Mauricio San Bartolomé Argandoña.

# 2

Veinte años antes había estallado una guerra que parecía que iba a durar pocas semanas, pero fueron casi tres años. Mamá me decía que no me preocupara, que todo acabaría enseguida y que podría empezar el curso con normalidad. A mí me gustaba mucho estudiar y si había una guerra, temía que se cerrara mi escuela y que no continuase con mis estudios. Quería ser médica, como mi padre y como mi abuelo.

En aquellos años, pocas mujeres llegaban a la universidad y yo quería ser la primera de mi familia en hacerlo. Tanto papá como mamá me alentaban. Ella, mi madre, se había casado muy joven y enseguida me había tenido a mí. No trabajaba porque las chicas de su edad cuando se casaban dejaban su empleo, así que era el ángel de nuestra casa, grande y bonita. Ayudaba a papá en la consulta, y a mí me gustaba verla con la bata tan blanca y planchada como la de él. Ella siempre con una sonrisa para todos los pacientes y él, siempre con la mirada neutra, como si estuviera a punto de dar una mala noticia.

Como si presintiera que poco después tendría que dar muchas malas noticias.

El curso siguió adelante a pesar de la guerra. Lo peor llegó el verano siguiente, cuando papá recibió un telegrama en el que se le notificaba que su hermano José había muerto en la batalla de Belchite, que era un pueblo de Aragón. José era guardia de asalto en Zaragoza y luchaba por el bando sublevado. Enseguida escribió a su hermano Mariano, que también era guardia de asalto y la guerra lo había cogido en Barcelona, donde vivía, así que luchaba a favor de la República. A Mariano le entregaron la carta recién llegado del frente de Belchite, donde había luchado en el bando contrario al de su hermano José. Ninguno de los dos sabía que el otro estaba allí, al otro lado de la trinchera. Mariano había disparado y lanzado granadas de mano el mismo día en el que José había muerto, así que le dio por pensar que quizá él mismo había sido quien había matado a su hermano pequeño, con el que iba a pescar al río desde que eran niños y al que había salvado de morir ahogado en más de una ocasión. Mariano perdió la razón, dejó de soportarse y de soportar la guerra y la vida, y se pegó un tiro con su arma reglamentaria. Dos días después, mi padre recibió otro telegrama con la noticia. Eso fue a principios de septiembre del 37.

Eso y los bombardeos que se repitieron por toda nuestra región durante aquel verano provocaron que mis padres tomaran una decisión con respecto a mí. Una decisión que no me consultaron y que me hizo sentir que la vida era un pozo negro sin fondo al que había ido a parar todo el amor y todo el sentido común.

Era como si yo tuviera que sufrir el castigo por lo que estaban haciendo los mayores. Por todas las bombas que habían caído y por las que caerían en los meses sucesivos. Por todos los muertos de nuestro pueblo, y de todos y cada uno de los pueblos en los que luchaban hermanos contra hermanos, vecinos contra vecinos. Por todas las delaciones, por los fusilamientos. Por todo aquello de lo que yo, con mis dieciséis años recién cumplidos en julio, no tenía culpa alguna.

—Te irás en el barco que saldrá de Gijón dentro de unos días. No hay más que hablar —había dicho mi padre mientras mi madre me acariciaba el pelo, con las dos trenzas que ella misma acababa de hacer.

—Allí estarás a salvo, Magdalena. Aquí puede pasar cualquier cosa. Gracias a Dios, tu padre conoce a mucha gente. Por esta casa han pasado para acudir a su consulta personas muy importantes. Gente que le debe favores a papá. Por eso te han incluido en la lista de los niños que van a ser evacuados. Es una gran suerte. Todos tenemos una gran suerte.

Yo no veía la suerte por ningún lado. En aquellos momentos, pensar en estar lejos de mi madre me parecía lo más horroroso que me podía ocurrir. Y en plena guerra. ¿Y si yo me salvaba, pero ellos no? ¿Y si caía una bomba en nuestra casa, como había pasado con la casa de los vecinos, y mis padres morían mientras yo estaba al otro lado del mundo? ¿Y si morían porque yo no estaba allí para salvarlos?

—Es peligroso estar aquí, niña mía —me dijo mi padre después de besarme la frente como cada noche—. En cuantos subas a ese barco no pienses más en nosotros. Piensa en ti, en tu futuro, en que podrás ir a la universidad y ser la primera mujer de la familia que estudie Medicina, como siempre ha sido tu deseo y el mío. Yo estaré muy orgulloso de ti, como lo estoy ahora. Como lo he estado siempre.

Vi lágrimas en sus ojos. Lloraba por mi partida, pero también por sus hermanos y por él. Presentía que poco después alguien entraría en nuestra casa, lo sacaría en mitad de la noche y se lo llevaría a la tapia del cementerio que está junto al mar. Presentía que allí mismo, junto al mar que tanto había querido, lo fusilarían.

Lo presentía, sí. Estoy segura.

Y así ocurrió. A mi madre también se la llevaron, pero no la mataron. La metieron en una cárcel, donde murió de pena, de hambre y de tuberculosis.

Esto lo supe unos meses después, cuando ya estaba en Rusia y nadie contestaba a mis primeras cartas. A la tercera sí que contestó alguien. Una prima lejana de mi madre que vivía en Santander y que me contó lo que les había ocurrido a mis padres. También me decía que había tenido mucha suerte de haberme podido marchar.

¿Suerte? También ella mencionaba, y repetía, la palabra maldita. ¿Era suerte estar viva mientras que mis padres estaban muertos?

Aunque tal vez tenía razón. Quizá era una suerte estar viva.

Porque entonces ya me había enamorado de Mauricio.

# 3

Los días todavía eran largos en septiembre. Papá no podía abandonar su consulta, así que me llevó el tío Ignacio con su coche negro, un Lancia que había sido de los primeros que llegaron al pueblo. A su lado iba mi madre y yo me senté detrás. Recuerdo el sombrerito de fieltro que se había puesto ella, a pesar de que todavía no hacía frío. Se lo habíamos regalado papá y yo el día de Reyes y le gustaba mucho. Era de color granate y tenía unas florecillas de tela en el lateral izquierdo. No se lo quitó en todo el viaje, así que, desde el asiento de atrás, yo lo contemplaba sin parar. No miré por la ventanilla del coche en ningún momento. Teníamos siempre el mar a nuestra derecha y las montañas, a la izquierda. En los viajes que hacíamos los domingos antes de la guerra, me gustaba abrir el cristal y sentir la brisa del mar en mi piel. Siempre sonreía ante el mar y el viento porque me parecía que me traían las voces de las gentes que vivían o que habían vivido al otro lado del océano, como las de las tías de mi madre, que se marcharon hacía años a Cuba y nunca más se había sabido de ellas. O las de un abuelo de mi padre, que había dejado a su familia en Santander y se había embarcado en Vigo rumbo a Buenos Aires. Solo mandó una postal para decir que había llegado; después, el silencio.

Pero ese día no había mar ni viento para mí. Solo el sombrero y el cuello de mi madre, que no se atrevía a girarse para que no viera las lágrimas que, estaba segura, estaba vertiendo.

Por mí, por ella y por el mundo entero.

# 4

Todavía era de día cuando llegamos a Gijón. Nos alojamos en casa de otra prima de mamá. No tenía hermanos, pero sí un montón de primos, como el tío Ignacio, la tía Pascuala, que fue la que meses más tarde me escribió con las terribles noticias, la tía Azunciata, que era monja en un convento de Zaragoza, y la tía Emilia, en cuya casa nos quedamos esa noche.

Era viuda de un abogado y vivía en un piso grande en el paseo marítimo, frente al puerto. Nos invitó a salir a la terraza, que estaba llena de hortensias, que habían perdido ya el color, pero que seguían frescas con ese color verde con el que se quedan las hortensias cuando ya no son ni azules ni rosas. Siempre he pensado que es como si se camuflaran discretamente para seguir viviendo, pero sin llamar la atención. Creo que mi madre pensó algo parecido porque acarició una de las florecillas y luego me miró con su sonrisa de, casi, siempre.

—En el barco no serás la hija del médico. Serás una más.

—Siempre seré la hija del médico, mamá. Y la tuya.

—Como te dijo papá la otra noche, no pienses demasiado en nosotros. No vuelvas la vista atrás. Si uno lo hace, se puede tropezar y caer.

—O convertirse en estatua de sal, como la mujer de Lot —continué la frase que tanto le gustaba decir, y que se refería a un episodio de la Biblia.

—O quedarse en el infierno como Eurídice —replicó ella, a la que le apasionaban los mitos griegos, aunque todos terminaban fatal—. Piensa que ese barco te saca del infierno. La guerra es un infierno.

—El barco me alejará de vosotros —repuse.

—Es lo mejor para ti. Y eso es lo único que importa —contestó y me dio el abrazo más largo que me había dado jamás.

Un abrazo en el que me sigo refugiando porque vive y vivirá siempre en mi memoria.

El abrazo lo cortó la voz de la tía Emilia, que salía en ese momento a la terraza con su hermano Ignacio.

—Desde aquí se ve el barco, que ya está anclado en el puerto.

—¿Cómo se llama? —preguntó él.

—No lo sé. Tiene un nombre francés bastante raro. Llegó hace dos días. Todo el mundo se ha acercado a verlo. Hay mucha gente que querría tener tanta suerte como tú, Magdalena, y embarcar en él.

Suerte. También ella había dicho la palabra que me golpeaba las entrañas. La miré sin decirle nada y me apoyé en la barandilla para contemplar la ciudad marinera y las barcas de pescadores que empezaban a salir para faenar durante la noche.

Me quedé allí hasta que se hizo de noche y salieron las estrellas, que se confundían con las lámparas de los pescadores. Como no se veía la línea del horizonte, no se sabía qué luces eran estrellas y cuáles salían de los pequeños botes de pesca.

Daba igual. El cielo y el mar se confundían, como lo hacía la tierra, en la que la muerte iba segando vidas como si fueran espigas de trigo secas.

El barco, mi barco, estaba fondeado al final del puerto. No tenía luces encendidas, pero se podía distinguir la mole que formaba y que tanto sobresalía del resto de los navíos que había a su alrededor. No quería verlo. No quería saber cómo se llamaba. En el pueblo, los barcos de pesca tenían nombres de mujer o de santos. Así los pescadores se sentían acompañados, o por aquellas a quienes querían, o por los mártires a quienes veneraban a pesar de que la mayoría de ellos eran tan ateos como mi padre.

No tardaría mucho en conocer cómo se llamaba aquel carguero destartalado que me iba a alejar de mi propia vida.

—Magdalena, entra ya —me indicó mi madre desde el salón. Llevaba puesto su camisón de seda azul celeste—. Entra, que vas a coger frío.

Tenía tanto miedo por lo que sucedería al día siguiente que no me había dado cuenta de que también tenía frío. Ya en la habitación que compartí con mamá me puse mi pijama. Me acurruqué junto a mamá. No me quería dormir. Quería oír su corazón y su respiración acompasada, que quería fingir que estaba durmiendo. Hice lo mismo que ella, y así nos quedamos las dos hasta que nos venció el sueño en la madrugada. Cuando me desperté, ella ya se había vestido y me miraba con un vaso de leche caliente en la mano.

—Recién ordeñada. El tío Ignacio ha ido a comprarla para ti en una lechería que hay dos calles más arriba.

No dije nada, no porque no quisiera, sino porque las palabras se me habían quedado encerradas en algún lugar de la garganta. Como si tuvieran voluntad propia y hubiesen decidido permanecer a resguardo de sí mismas y de quienes las pudieran escuchar. Mamá entendía mis silencios igual que mis palabras.

Nadie después ha podido comprender el significado de mis silencios. Nadie como ella.

Me bebí la leche y me puse la ropa que me iba a acompañar durante el viaje: una camisa roja, un jersey marrón, una falda plisada de estampado escocés, los leotardos y los zapatos marrones a los que mamá había puesto unos cordones azules porque fueron los únicos que encontró cuando se rompieron los originales el año pasado.

Recuerdo que me cepilló el pelo muchas veces aquella mañana hasta que se decidió a dividirlo para hacerme las dos trenzas, que sujetó con dos lazos rojos que hacían juego con mi camisa. Ella sabía que aquella era la última vez que me peinaría. Yo también porque pensaba que cuando volviera después de varios meses ya habría cumplido los dieciséis años, y a esa edad una chica ya no llevaba trenzas.

Las dos teníamos razón y las dos nos equivocábamos: pasaron veinte años hasta que regresé y, cuando lo hice, ella llevaba los mismos años muerta.

—Deriguerina —dijo mi tía Emilia al entrar en nuestra habitación—. Se llama Deriguerina.

—¿El qué, tía? ¿Qué se llama así tan raro?

—¿Qué va a ser, Magdalena? Pues el barco ese en el que te vas a ir.

Deriguerina, se llamaba Deriguerina. Mamá sonrió porque era lo único que podía hacer y lo que todos esperábamos de ella. También yo.

# 5

El barco que me trajo de vuelta veinte años después se llamaba Crimea, y durante la travesía me había cruzado un par de veces con aquel joven que acudió junto a la escalerilla al oír el nombre de Mauricio San Bartolomé Argandoña. La primera vez fue al salir del camarote que compartía con dos mujeres mayores que yo, y que habían trabajado como maestras en varias de las casas en las que nos habían alojado al principio de llegar a Rusia. No las conocía, pero enseguida hicimos buenas migas.

Pues bien, una de las veces que salía de la cabina para ir al baño común que teníamos en el pasillo, me topé con aquel hombre, que me sonrió como habría hecho con cualquier otra persona. Yo lo imité. Apenas farfullé un «buenos días» en ruso porque era la lengua en la que hablábamos todos en el barco. Tenía el pelo castaño muy claro, y los ojos azules. No era ni guapo ni feo. Ni alto ni bajo. Era alguien que no llamaría la atención en ningún lugar.

La segunda vez que me lo encontré fue en cubierta, poco después del amanecer del cuarto día de travesía. Yo iba con mis dos compañeras, Celia y Cordelia, y las tres nos acodamos a la barandilla. Él estaba a pocos metros de nosotras. Solo. Bordeábamos ya las costas de Italia y se veían pueblecitos salpicados en las colinas. Casas de colores puestas en los lugares más imposibles. Me pregunté cómo podían construir en lugares tan difíciles. Él debió de preguntarse lo mismo.

—No me gustaría vivir en un lugar tan empinado. Creo que me daría vértigo —dijo él mientras nos miraba como buscando nuestra complicidad a su comentario.

—A mí me encantaría —repuse yo, Celia y Cordelia no dijeron nada—. Deben de tener unas vistas preciosas.

—Ellos ven el mar. Nosotros los vemos a ellos. No me parece en absoluto interesante vivir en un lugar solo porque tenga unas vistas bonitas según los gustos burgueses. El mar es mar. Sin más.

Me lo quedé mirando en silencio, «según los gustos burgueses». A mí me parecía que no tenía nada que ver una cosa con la otra. Admirar la belleza no estaba reñido con creer en la igualdad de los pueblos y de las personas. Así me lo había enseñado mi madre desde pequeña, y así lo había seguido creyendo yo durante los años que viví en Rusia, donde nos llevaban asiduamente al teatro, al ballet y a la ópera. Me había educado en la contemplación y en el disfrute de lo hermoso, y el mar y aquellos pueblos que parecían colgados de las rocas formaban parte de mi concepto de belleza. No le dije nada. Seguí mirando lo que había ante mis ojos e intenté no hacerle demasiado caso. Había algo en él que me recordaba a alguien del pasado, pero no lograba encontrarlo en mi memoria.

No hizo falta que me concentrara demasiado en ello, pues enseguida se le acercó otro de los hombres y se marchó con él sin despedirse.

No lo volví a ver hasta el momento del desembarco.

Al oír el nombre de Mauricio, me acerqué todo lo que pude hasta el lugar donde estaba el agente. Cuando aquel joven se presentó como Mauricio San Bartolomé Argandoña me quedé tan sorprendida que fui incapaz de decir una palabra.

—¿Qué te pasa, Magdalena? —me preguntó Celia—. Parece que hayas visto un fantasma.

—No es nada —mentí—. Me había parecido ver a alguien conocido de quien hacía muchos años que no sabía nada. Pero me he equivocado.

—Ese es el chico que estaba el otro día en la cubierta, ¿verdad? —intervino Cordelia.

—A ti todos te parecen «chicos» —la corrigió su amiga—. Ese tendrá ya la edad de nuestra querida Magdalena, que ya no es una chiquilla, ¿verdad, muchacha?

—¿Cuántos años tenían cuando te evacuaron? —me preguntó.

—Tenía dieciséis.

—Así que ahora tienes treinta y seis. —Cordelia echó rápidamente la cuenta.

—Sí.

—¿Y por qué una mujer tan hermosa y agradable como tú no se ha casado en Rusia? Seguro que has tenido muchos pretendientes.

Sonreí ante la pregunta de mis compañeras de camarote. No les contesté. No tenía ninguna intención de contarles mi vida a aquellas dos mujeres a las que yo podía haberles preguntado lo mismo. No me gustan las personas que preguntan demasiado sobre la vida de los demás y permanecen calladas sobre las suyas.

Mientras habíamos tenido esa breve conversación, el fingido Mauricio había bajado del buque y había salido de mi campo de visión.

Tuve que esperar todavía media hora hasta que la voz dijera mi nombre.

—¡Magdalena Aristegui Barrios!

—Yo, yo —contesté inmediatamente y corrí hasta el oficial.

Le enseñé el documento en ruso que acreditaba mi nombre. Me dijo que podía salir y enseguida noté el destello de una cámara, que me hizo una foto cuando empezaba a bajar por la escalerilla. Me dieron la mano unos cuantos hombres y una mujer que esperaban en tierra y que debían de estar ya hartos de saludar a las personas que bajábamos del Crimea. Todos me daban la bienvenida con una sonrisa más o menos forzada, igual que la mía.

No sentí ninguna emoción especial al pisar aquella tierra del puerto de Valencia, como tampoco la había sentido cuando llegué a Rusia ni cuando me marché seis días antes. Hacía años que las emociones me habían abandonado.

O tal vez sería más justo decir que yo había abandonado a las emociones.

# 6

El Deriguerina era un carguero desvencijado, al que le faltaba más de una mano de pintura. El casco oxidado decía muy poco a su favor. Parecía que nos hubieran venido a recoger en un barco sacado directamente de la chatarrería, de uno de esos puertos en los que duermen los buques mientras esperan a ser desguazados. Era como si nosotros también fuéramos a ser tirados a un basurero. Eso es lo que dijo mi tío Ignacio cuando esperábamos a que me llamaran para subir a bordo. Recuerdo perfectamente sus palabras porque pensé mucho en ellas una vez dentro de la nave.

Por supuesto, el capitán francés no dejó subir a ninguno de los familiares: de haberlo hecho, algunos padres no habrían permitido que sus hijos se embarcaran. Más de uno de nosotros se habría quedado en tierra. O tal vez no: desde el puerto se oía la guerra cada vez más cerca. El cielo se iluminaba con las explosiones y nosotros también. Desde la oscuridad del muelle, las luces de la guerra se parecían a los fuegos artificiales.

Desde el miedo, se parecían a las llamas del infierno, aquellas que decían las monjas del colegio que olían a azufre.

Desde que había empezado la guerra, todo tenía un olor diferente. Mi ropa. Mi pelo. También mamá. Dicen que los perros huelen el miedo porque cuando lo sentimos liberamos alguna sustancia corporal que algunos animales pueden notar. No hacía falta ser perro para darse cuenta de que todos olíamos de otra manera: tal vez por esas hormonas que salían de su sitio a causa del miedo, tal vez porque estábamos inmersos en la miseria.

Porque sí, la guerra no solo se ve y se siente, también se oye y se huele. El ruido de las bombas acompañó a mis oídos durante mucho tiempo. Y aquella noche escuché los obuses a lo lejos. A mí me daba miedo dejar a mi madre allí. Pensar que iba a volver al pueblo, o sea, a la guerra. También me daba miedo el barco. Y el mar. El mar que tanto me gustaba cuando lo veía desde mi casa y cuando paseaba por la arena. Me bañaba en los días en los que hacía más calor. Me fascinaba aquella masa azul que se movía y que traía olas a la orilla. Olas que eran siempre diferentes, aunque estuvieran hechas de la misma agua. Pensaba mucho en eso: era el mismo mar, pero distinto todo el tiempo.

Y en ese momento el mar estaba ahí. El mismo y otro. Oscuro como el barco, en el que no habían encendido ninguna luz. El muelle también permanecía en penumbra. Solo el sombrerito granate de mi madre y el carmín que se había puesto en los labios iluminaban mi despedida. Cuando me besó con aquellos labios rojos, no protesté como otras veces ni me lo quité con un pañuelo como hacía siempre que me marcaba el lápiz de labios en la cara. Esa vez lo dejé ahí en mi piel. No quería que se fuera nunca su huella.

El chico que subió al barco antes de mí se giró un momento y me vio la cara.

—Llevas dos manchas rojas en la cara. Parece que tengas la escarlatina.

—No tengo la escarlatina. Son los últimos besos de mi madre.

—¿Quieres que te los limpie? Tengo un pañuelo en el bolsillo. —Rebuscó en su pantalón.

—No.

—Pero tienes la cara sucia.

—No tengo la cara sucia. Son los últimos besos de mi madre, y no sé cuándo volveré a verla.

En ese momento estuve a punto de llorar porque me di cuenta del poder que tenían las palabras. «Los últimos besos de mi madre», había dicho sin saber que realmente lo serían.

—Por cierto, ¿cómo te llamas?

—Magdalena. ¿Y tú?

—Yo me llamo Mauricio.

No me lavé la cara en toda la travesía.

# MAURICIO

# 7

Mi padre me ha regalado un cuaderno para que escriba mis impresiones sobre el viaje y sobre mi estancia en Rusia. Siempre me ha gustado escribir. Pero lo mío es la poesía, no contar historias. Sé que voy a escribir este diario porque lo leerá mi padre cuando regrese y se haya acabado la guerra. No quiero decepcionarlo.

No quiero decepcionarte, papá. Sé que lo he hecho muchas veces, pero en esta ocasión haré todo lo que esté en mi mano para que estés orgulloso de mí.

Empiezo el diario en este momento, día 24 de septiembre de 1937, mientras estoy recostado en una vieja manta que me han dado para que me acomode en un rincón de la bodega del barco. El navío se llama Deriguerina, que no tengo ni idea de qué significa. Es un carguero francés. Eso es todo lo que sabemos. Bueno, y que vamos a llegar a Leningrado. Me ha parecido entender que alguien ha dicho que cambiaremos de barco en algún sitio. No me extraña. Leningrado está lejos, y con este cacharro no creo que podamos llegar.

Toda la tripulación habla francés. Me cuesta entenderlos porque nunca se me han dado bien los idiomas. Los verbos franceses se me atragantan y en la escuela no hay manera de que se me metan en la cabeza. Me han costado varios golpes con la regla en las palmas de las manos. Así que cuando oigo a alguien hablar en esa lengua aprieto los puños lo más fuerte que puedo.

Espero que el ruso se me dé mejor. Aunque todo el mundo dice que es mucho más difícil, yo no creo que haya nada que pueda ser más complicado que el francés.

Menos mal que viajan con nosotros un montón de maestros y algunas maestras para las niñas. Ellos son los que hablan con los oficiales y luego nos lo cuentan. Por ejemplo, nos han dicho que no vayamos a la cubierta durante la salida del barco para despedirnos de nuestros familiares porque podría ser peligroso. Todo se está haciendo con mucha cautela y en completa oscuridad. No me gusta la oscuridad. Siempre me ha dado miedo quedarme solo en mi habitación cuando se apagaban todas las luces. Bueno, ahora no, que ya tengo dieciséis años, y un chico de mi edad no puede tener miedo a nada. Eso dice mi padre. Mi madre no dice nada. Y yo tampoco. Solo lo escribo aquí porque, cuando la guerra termine y mi padre lo pueda leer, yo ya seré mayor y no me importará nada lo que diga o piense de mí. Habré hecho un largo viaje por mar, cosa que él nunca ha podido realizar, y habré vivido en un país lejano, cosa que tampoco él ha hecho ni hará. Él odia viajar. Lo más lejos que ha ido ha sido a Oviedo y ahora a Gijón para dejarme en el muelle.

Hemos venido con un autobús que iba recogiendo niños de las cuencas mineras con los padres que querían acompañarnos. Mi madre se ha quedado en casa porque ha dicho que no podría soportar verme embarcar. Mi padre ha venido en silencio todo el camino. Solo ha hablado para darme el cuaderno y tres lápices que él mismo ha hecho en el taller de un amigo suyo. A veces, guardan trocitos de carbón para hacerlos. Cogen tantos kilos cada día que unos cuantos gramos no le importan a nadie. Distinto sería si las minas fueran de oro o de diamantes, pero carbón hay mucho. Mi padre dice que no tengo que trabajar en la mina, que en Rusia debo estudiar para hacer algo importante. Yo le digo que es muy importante ser minero, que sin el carbón no podríamos hacer la comida, ni calentar la estufa, ni se podría hacer acero ni todo lo que es necesario para que el mundo continúe dando vueltas. Cuando digo esto, mi madre dice que también el carbón es necesario para que siga habiendo guerra, y que maldito sea todo el carbón y todas las minas de Asturias, que matan a los mineros y a los pobres a los que les caen las bombas.

Porque mi padre no quiere que yo sea minero para que no me pase como a él, que no para de toser y de echar una saliva que a veces es negra y a veces es roja porque tiene los pulmones destrozados y en su cuerpo la sangre se mezcla con el carbón.

—Debes de tener los pulmones negros —le dice a veces mi madre.

—Mientras no tenga negra la conciencia, todo estará bien.

—La mina te está matando.

—Si no lo hace la mina lo hará la guerra. Por eso es importante que tu hijo salga de aquí cuanto antes. He hablado con los peces gordos del sindicato y la semana que viene se irá a Rusia. Van a fletar un barco desde Gijón. Pero es algo secreto. No se lo digas a nadie. No hay sitio para todos los niños del país.

—¿Estás diciendo que mi hijo se va a ir a Rusia? Eso está muy lejos.

—Más lejos está el cielo. Y si se queda aquí, allí es donde irá, al cielo.

Oí llorar a mi madre aquella noche. A la mañana siguiente mi padre me comunicó lo que yo ya sabía porque había estado escuchando a través de la cortina de la alcoba.

No lloré porque sé que a mi padre no le gusta que lo haga. Dice siempre que los hombres no lloran. Yo nunca he sabido por qué los hombres no pueden llorar, pero cuando lo hago, lo hago solo. Por eso esa noche lloré en silencio en mi habitación.

Y en el autocar mientras veníamos al puerto, yo hacía como que miraba por la ventanilla y mi padre fingía que dormía.

Y también lloré en la escalerilla del barco, cuando subía los peldaños sin mirar atrás porque mi padre me había dicho que nunca hay que mirar atrás.

Solo he mirado atrás una vez. Me he girado un momento y he visto a la chica que subía detrás de mí. Tenía la cara sucia de carmín.

Se llama Magdalena.

Magdalena.

# 8

A las chicas las han colocado al otro lado de la bodega del barco. Nos separa un montón de sacos que nadie sabe qué llevan dentro. Nos han prohibido acercarnos a ellos, así que no podemos tocarlos. Entre las filas de sacos quedan huecos a través de los que vemos la zona de las chicas. Enseguida he visto a Magdalena. Tiene dos trenzas negras y ha sacado de su maleta un gorro de lana de color granate. Se ve que tiene frío. En esta bodega hace mucho frío. Debemos de estar por debajo del mar y se nota mucha humedad. Uno de los niños que está a mi lado no para de toser. Tiene una tos seca y profunda, como la de mi padre. Me parece que este chico ha pasado tiempo en la mina. Yo también, pero poco porque mi madre se enfadó tanto con mi padre cuando se enteró que lo mandó a dormir a la cocina, y mi padre decidió que ya no lo acompañaría más a ese agujero por el que respira la tierra.

Así es como a mi padre le gustaba llamar a la mina cuando era joven y quería conquistar a mi madre. Le decía que las minas eran los agujeros por los que respiraba la Tierra. Cuando mi madre me lo contaba, a mí me parecía que mi padre era un poeta. Un poeta pobre que de la tierra, en vez de sacar versos, sacaba carbón.

Veo que una de las maestras ha acariciado la cara de Magdalena. Me parece que ha estado llorando, como casi todos los que estamos en este barco. Supongo que la maestra ha intentado limpiarle las manchas rojas de carmín de sus mejillas y que tampoco le ha dejado hacerlo porque la he visto negar con la cabeza. Quién sabe lo que habría hecho yo si mi madre me hubiera dado besos de color rojo. Tal vez tampoco habría dejado que nadie me los tocara. Pero mi madre nunca se ha pintado los labios. Dice que eso es de mujeres sofisticadas de la ciudad. Yo no sabía lo que quería decir «sofisticadas» hasta que he visto a algunas de las madres que se despedían de sus hijos en el puerto. No todas eran esposas de mineros, ni obreras de las fábricas. En el puerto había mujeres con ropas y sombreros que ni mi madre ni yo jamás habríamos imaginado que existieran. Me he prometido que, cuando termine la guerra, en Rusia le compraré a mi madre un sombrerito de esos que llevan flores de tela cosidas y que se ponen solo en la mitad de la cabeza. Aunque luego he pensado que a lo mejor en Rusia no hay de esas cosas tan «sofisticadas». También he pensado que quizá solo he imaginado los sombreros y las ropas porque estaba tan oscuro que casi es imposible que haya visto nada más que las sombras de aquellas mujeres.

Mientras estoy escribiendo, el barco ha comenzado a moverse. El chico que está a mi lado y que se llama Ezequiel ha empezado a rezar. Enseguida ha venido uno de los maestros y le ha preguntado que por qué rezaba.

—Porque tengo miedo, señor maestro.

—Todos tenemos miedo y no rezamos. Rezar es cosa de beatas, no de hombres cuyos padres están luchando por la República y en contra de los fascistas y de los curas.

—Mi padre no está luchando, señor maestro. Está muerto.

—¿Lo han matado los fascistas? —ha preguntado el maestro.

—No, señor. Lo han matado sus propios compañeros del sindicato.

—¿Y eso por qué?

—Por salvarle la vida a un cura. Yo iba a un colegio de curas y él era mi maestro. Mi padre lo acogió en casa porque lo querían fusilar. —Ha hecho una pausa—. Los del sindicato entraron en casa, sacaron a mi padre y al sacerdote, y los mataron a los dos delante de mí y de mi madre.

El maestro se ha quedado callado, se ha dado la vuelta y se ha marchado.

—Oye, ha sido muy arriesgado contarle esa mentira —le he dicho.

—No es ninguna mentira. Es lo que pasó hace dos semanas. Por eso mi madre ha decidido mandarme lejos, porque sabe que puede pasar cualquier cosa y que no estamos seguros ni con unos ni con otros.

—¿Tu madre estaba en el muelle? —le he preguntado.

—No. Me ha traído el jefe del sindicato del pueblo. Dice que así quiere compensar lo que le hizo a mi padre. Pero yo creo otra cosa.

—¿El qué?

—Que le gusta mi madre, que por eso mandó matar a mi padre y ahora me manda a mí a Rusia para que ella se quede sola y así él pueda consolarla.

Eso me ha contado Ezequiel y eso escribo en este diario mientras el barco sigue haciendo las maniobras para salir del puerto.

# 9

Oigo sollozos a mi alrededor. Más de la mitad de los niños y casi todas las niñas están llorando. Los maestros y las maestras intentan consolar a los más pequeños, pero por un momento pienso que las lágrimas van a inundar la bodega y nos vamos a hundir. Como soy uno de los mayores, me atrevo a levantarme y a acercarme al maestro más anciano, que parece que es quien lleva la voz cantante.

—Señor, mi nombre es Mauricio San Bartolomé. ¿Puedo preguntarle una cosa?

—Sí, Mauricio San Bartolomé, puedes preguntarme lo que quieras.

—¿Cuánto tiempo vamos a estar aquí dentro?

—En cuanto lleguemos a aguas internacionales podréis salir a la cubierta a respirar aire fresco. Ahora tenéis que permanecer aquí dentro. Tú sabes bien que hay barcos rebeldes por la costa que no dejan salir ni entrar naves, y que interceptan a nuestros buques.

—¿Por eso vamos en un carguero de bandera francesa? ¿Para que no nos ataquen?

—Eso les da igual. Han hundido ya varias naves extranjeras que intentan sortear el bloqueo del Cantábrico. No les importa bombardear ciudades desde el mar, ni barcos, sean británicos o franceses o panameños. Hay un barco muy peligroso que siempre acecha, lo llaman «El Chulo del Cantábrico», pero se llama Almirante Cervera. Es el más temido.

—¿Se lo ha contado el capitán?

—El capitán y los nuestros ya han sufrido sus envites.

—¿Eso quiere decir que no estamos a salvo tampoco en el barco?

—En una guerra no se está a salvo en ninguna parte, muchacho. Pero el capitán y la tripulación de este carguero harán lo posible para que lleguemos a un puerto seguro. A ellos también les va la vida en ello. Estamos en buenas manos.

Me ha sonreído y ha puesto su mano derecha en mi hombro. Hay algo en él que me dice que se puede confiar en su optimismo. Me gusta que me haya hablado como lo habría hecho con una persona mayor, sin intentar esconder que seguimos en peligro. Cuando uno tiene mi edad ya no es un niño y le molesta que se le hable como si lo fuera, que es lo que hace la mayoría de la gente. Pero el maestro me ha hablado como se le habla a un igual.

O al menos eso me ha parecido.

Cuando he ido a acomodarme de nuevo en mi rincón, he visto que Magdalena estaba junto a los sacos y que me miraba. En ese momento me he dado cuenta de que ha escuchado mi conversación con el viejo maestro.

Me he acercado a ella con la mejor de mis sonrisas.

—Te queda bien ese rubor en las mejillas —le he dicho.

—No es rubor, ya te lo he dicho. Es el carmín de mi madre.

—Mi madre nunca se pinta los labios.

—Mi madre no sale de casa sin hacerlo

—Es muy elegante tu madre.

—Sí.

—Y tú también. Mucho más que las demás niñas.

—No me gusta que me comparen con las demás porque tenga ropa más bonita.

—Solo quería ser amable.

—No hace ninguna falta que lo seas. Oye.

—¿Qué?

—No he podido evitar escucharos.

—¿Escucharnos? —digo mientras miro a mi alrededor, como si no supiera de qué está hablando.

—A ti y al maestro viejo. No disimules. Os he oído. Seguimos en peligro, ¿verdad?

La he contemplado. En sus ojos habla la tierra como en las profundidades de la mina.

—Bueno, aquí estamos mejor que en tierra —le digo.

—El maestro ha dicho que hay barcos que nos pueden bombardear.

—Creo que solo es un barco el que podría hacerlo. Pero seguro que el capitán sabe por dónde navegar para esquivarlo.

—Esto es una tartana. No tiene nada que hacer al lado de un crucero de guerra —asegura.

—No nos pasará nada. Solo tenemos que navegar poco más de un día para llegar al primer puerto que tocaremos, ya en Francia. Y allí estaremos a salvo.

—No estamos tan cerca de Francia —ha dicho.

—He sacado buenas notas en Geografía —le digo.

—La maestra dice que vamos directamente a Burdeos.

—Allí se han ido muchos españoles que han huido de la guerra.

—¿Y por qué nosotros no nos quedamos allí?

—Porque nosotros vamos a Rusia —le contesto.

—¡Ya sé que vamos a Rusia! Pero ¿por qué nos llevan tan lejos si nos podríamos quedar en Francia y así estaríamos más cerca de casa?

—Han salido otros barcos a otros lugares, pero nosotros vamos a Rusia. Es lo que han querido nuestros padres. Por algo será. Tenemos que obedecerlos —digo con tono serio.

—Claro. Eso es verdad. Aunque en Francia nos entenderíamos mejor. Yo he sacado buenas notas en francés. ¡Pero el ruso debe de ser tan difícil!

—Lo aprenderemos enseguida, ya verás.

En este momento, la maestra llama a Magdalena para que vuelva a su rincón. Le dice que tiene que intentar dormir. Me sonríe y se da la vuelta. La veo acomodarse al otro lado de los sacos. No se quita el gorro de lana y se envuelve en la manta. Se santigua y veo que mueve los labios como si rezara. Nadie le dice que no lo haga. Termina su oración, se vuelve a santiguar y se recuesta con la cabeza sobre la maleta.

# 10

El barco se mueve y varios de mis compañeros han empezado a vomitar. Huele fatal a mi alrededor. La bodega está oscura y se parece a la mina, solo que el suelo se mueve, el techo se mueve, mis pensamientos se mueven. Van y vienen. Me llevan al pueblo, siempre gris por la lluvia y por la presencia del polvo del carbón, que lo impregna todo: el pelo, las sábanas que mi madre lavaba cada semana y que tendía en la terraza comunitaria, la piel e incluso los sentimientos. Siempre he pensado que las emociones tienen colores y que las de mis padres han sido siempre grises. Igual que las mías si me hubiera quedado allí. Creo que durante este viaje, y mientras esté fuera del pueblo, mi memoria y mis sentimientos se irán tiñendo de colores y de alegría. En el pueblo no existía la alegría. Ni para los pobres ni para los ricos. Ni antes de la guerra ni ahora.

El gris era para todos: niebla para los pobres, velo de seda para los ricos.

Llevamos ya varias horas de travesía y todavía no nos han dado permiso para subir a cubierta. Nos vendría bien. El olor de los vómitos todavía nos marea más. Ezequiel ha vuelto a rezar. Lo hace en silencio, pero mueve los labios con los ojos cerrados, y yo sé que esa es la manera en la que mucha gente reza. Le he dado un codazo cuando he visto que se acercaba el mismo maestro de antes. Los maestros no duermen con nosotros, pero de vez en cuando vienen a ver qué tal estamos. También nos han traído agua y pan.

—¿Duerme tu amigo? —me ha preguntado.

—Sí. Se ha quedado dormido hace un rato —le he contestado.

—No te habrás creído la historia que ha contado, ¿verdad? Los nuestros no hacen esas cosas.

No le he contestado. He fingido que me daban arcadas y me he levantado para acercarme al barreño que han dispuesto para recoger nuestros vómitos. Él ha seguido hablándome mientras intentaba que creyera que estaba sacando todo lo que había en mis tripas.

—No creas nunca nada de lo que te digan en contra de los nuestros. Es todo mentira. Tú vienes de las minas, ¿verdad?

He asentido con la cabeza sin abrir la boca y sin alejarme del cubo.

—Los mineros sois gente de raza que saben lo que es el infierno. En Rusia a los mineros se los trata como héroes, ya lo verás.

—Yo no quiero ser minero —le he dicho—. Voy a estudiar para no tener que entrar nunca más en una mina.

—O sea, que quieres convertirte en un señorito.

—No más señorito que usted, maestro —me he atrevido a replicarle. Lo he hecho porque le saco una cabeza y mis brazos son mucho más fuertes que los suyos.

—Cuida tus palabras, muchacho. Y no dejes que ese niñato vaya contando por ahí esas mentiras.

—Tal vez no sean mentiras, maestro.

Me ha levantado la mano cuando he dicho eso. Y a punto ha estado de pegarme si no hubiera llegado en ese momento el maestro más anciano, que lo ha agarrado de la muñeca.

—Estos niños son la esperanza del país, Germán. No se le ocurra ponerle una mano encima a ninguno de ellos.

—Este jovencito me ha faltado al respeto, profesor.

—Suba a su camarote y no vuelva a la bodega hasta que lleguemos a tierra —le ha ordenado.

—Muchas gracias, profesor —le he dicho en cuanto el otro ha desaparecido de nuestra vista.

—No todos los maestros tienen buenos modales, Mauricio. Y ahora vuelve a tu rincón. Se ha avistado un buque de guerra y va a haber movimiento. He bajado para avisaros.

Ha dado unas palmadas para llamar la atención de todos y para que los que estuvieran dormidos se despertaran.

—Niños, ya sabéis todos que nos esperan largas jornadas hasta que lleguemos a nuestro destino, donde seréis recibidos con el calor que os merecéis. Personas que saben el sacrificio que hacen vuestros padres al quedarse para luchar por la libertad y al alejarse de vosotros os acogerán llenos de emoción. Pero el viaje es largo y en esta primera etapa no exento de peligros. —Su tono se ha vuelto serio—. Los rebeldes no quieren que lleguemos a nuestro destino y pretenden hacer lo posible para evitarlo. No lo conseguirán, pero hemos de ser cuidadosos. No muy lejos de nosotros navega un crucero que se llama Almirante Cervera, buque de infausto recuerdo ya para muchos españoles. Intentará atacarnos antes de que lleguemos a Francia, por eso nuestro capitán ha cambiado el rumbo: no iremos a Burdeos, como estaba previsto, sino a un puerto francés más lejano, a Saint-Nazaire. Allí estaremos seguros y embarcaremos ya en un buque soviético.

—¿Nos van a matar, maestro? —ha preguntado una de las niñas, que estaba junto a Magdalena y que luego he sabido que se llamaba Ascensión.

—No, hijita, no nos va a pasar nada. Pero tenéis que quedaros aquí abajo, tumbados y tapados con las mantas.

—¡Está todo tan oscuro! —ha exclamado Pedrito, uno de los más pequeños, que viaja con una bolsa de tela donde, lleva un calzoncillo, una camiseta blanca y una fiambrera con trozos de queso que le ha puesto su madre y que se come a escondidas con el pan que nos dan.

—Cuando está muy oscuro es porque va a salir el sol enseguida. Así que obedecedme y quedaos quietos y tumbados. Nuestro capitán sabe lo que hace. Francia nos espera como primera etapa de nuestro viaje.

El viejo maestro se ha ido y nos hemos vuelto a quedar solos en la bodega. Solo ha permanecido aquí una de las maestras más jóvenes y un maestro al que le falta un brazo, que perdió en una batalla. Como no puede luchar, por eso le han permitido acompañarnos. Si no, se habría tenido que quedar en la guerra.

No le preguntaré si está contento de venir con nosotros o si hubiera preferido quedarse en la guerra. Creo que, aunque dijera lo contrario, yo nunca me creería que habría preferido permanecer y luchar. Luchar significa morir o matar. O las dos cosas. Yo no quiero hacer ninguna de las dos.

# 11

El barco se ha movido mucho y hemos escuchado ruidos que hacían temblar el casco. Debían de ser las bombas que nos lanzaba el Almirante Cervera, pero que no han acertado en nuestro desvencijado carguero. El maestro tenía razón y el capitán ha sabido sortear el ataque. De repente, ha vuelto el silencio y eso ha debido de ser porque hemos entrado en aguas francesas, y ahí no se atreve a entrar ningún bombardero rebelde.

Sí, ha sido así. Acaba de venir el maestro para informarnos de que ya estamos en terreno, acuático, pero terreno al fin y al cabo, francés, y que eso supone que estamos fuera de peligro. El crucero que nos ha atacado ha virado hacia el oeste y nosotros navegamos bordeando la costa francesa hacia Saint-Nazaire, que está mucho más al norte de lo previsto. Eso implica casi un día más de navegación, pero en aguas seguras, por lo que podemos salir algún rato a cubierta y pasear por el barco.

Me ha parecido que incluso el ruido de las máquinas era menos estridente que hasta ese momento. La esperanza de ver por fin el mar nos ha dado un respiro y ha dibujado en casi todos nosotros una sonrisa.

Ezequiel me ha dicho que espera que a su madre le llegue la noticia de que el barco está a salvo y él también.

—Ha sufrido mucho desde que mataron a mi padre. Si yo no me hubiera ido, creo que se habría vuelto loca. Lo malo es que el jefe del sindicato se va a aprovechar de toda la angustia que tiene para conseguir que viva con él. Y yo lo odio con toda mi alma. Rezo para que lo maten.

—No debes hacer eso —le he dicho—. Mi abuela decía que no se debe rezar para pedir el mal, que entonces el mal se vuelve contra nosotros.

—Pues yo voy a pedirle a Dios que maten a ese hombre que dio la orden de que mataran a mi padre. Mi padre era bueno. Y él no lo es. Si no lo matan cuando yo vuelva después de la guerra, lo haré yo mismo.

—No digas disparates, Ezequiel.

—Lo único que tienes que hacer es vivir lo suficiente para verlo, Mauricio.

Lo he dejado solo con su odio porque no quiero que se impregne en mi conciencia. He cruzado la bodega y me he acercado hasta el rincón donde Magdalena se estaba cepillando el pelo antes de volver a hacerse las trenzas. Todavía le queda resto de carmín en las mejillas. No he podido evitar sonreír al mirarla.

—No tengo monos en la cara. ¿O sí? —ha dicho.

—No. No tienes nada que no tuvieras ayer —le he contestado—. ¿Quieres que subamos juntos a la cubierta? Tengo muchas ganas de ver el mar.

—Yo lo veo todos los días desde mi ventana.

—Qué suerte tienes. Yo nunca lo he visto.

Magdalena me ha mirado como si le hubiera dicho que había nacido en Marte o en Saturno.

—¿Cómo que no lo has visto? No puede ser. Hemos embarcado en un puerto. Y los puertos están en el mar.

—Ya estaba oscuro cuando llegué a Gijón, y más aún cuando subimos al barco. Vi agua, pero no vi el mar.

—¿Y nunca has ido a ningún lugar de la costa? —ha preguntado.

—Nunca.

—¡Pero es imposible!

—Nunca había salido del pueblo. Bueno, una vez acompañé a mi padre a Oviedo. En mi pueblo hay montes, prados y minas. Mi familia siempre ha trabajado en las minas. Y yo también he bajado unas cuantas veces. Pero nunca he visto el mar.

—Pues ya es hora. Vamos —ha dicho y me ha tomado la mano para moverme de donde estaba.

Llevamos muchas horas en esta bodega, en la oscuridad. Me da miedo salir al aire libre. Las veces que he estado en la mina me ha pasado siempre lo mismo. La primera vez que bajé me sentí como deben de sentirse los bebés cuando están en el vientre de su madre, como si estuviera en un lugar al que pertenecía desde siempre. Los bebés lloran cuando nacen y ven la luz, que los ciega. Yo no lloré cuando salí a la superficie, pero tuve que mantener los ojos cerrados durante unos minutos. El mundo me parecía demasiado grande e inabarcable. Ahora creo que el mar me va a parecer igualmente infinito. Me da miedo ver por fin algo que solo he podido imaginar o contemplar en las ilustraciones de los libros. Me da miedo, sí, pero no se lo voy a decir a Magdalena.

Subimos la escalera que nos separa del piso superior, donde están los camarotes de la tripulación y de los maestros. El anciano profesor está hablando con el joven maestro manco. Al terminar la conversación se han despedido con un abrazo y

me ha parecido ver lágrimas en los ojos del más joven. No le
he dicho nada a Magdalena, que tiraba de mi mano para salir
cuando antes a ver el mar.

El mar. La mar.

# 12

*El mar. La mar.*
*El mar. ¡Solo la mar!*

Es lo primero que he pensado cuando he salido a cubierta con Magdalena y he visto toda esta infinita masa de agua azul que nos rodea. He recordado los primeros versos de un poema que me aprendí en la escuela y que le gustaba mucho al maestro. Me preguntaba por qué el poeta a veces nombraba mar con género masculino y, a veces, femenino: el mar, la mar. Me había dicho que es una de las pocas palabras de la lengua española que pueden ser a la vez masculinas y femeninas. Porque a veces el mar es algo que se siente lejano y peligroso, y a veces se siente como protector y dador de la riqueza. Nos decía don Alfonso, que era nuestro maestro en el pueblo, que los pescadores y los marineros en general lo llaman «la mar», en femenino, ya que lo sienten como a una esposa o a una madre.

He pensado que a nosotros también nos está protegiendo porque nos está sacando de una guerra para llevarnos a una tierra en paz que nos acogerá. Esta idea me ha hecho temblar porque si nosotros estamos a salvo, tal vez nuestros padres y todos los que se han quedado en tierra ya no lo estarán. Por un momento he pensado en que tal vez haya muerto mi padre en su viaje de vuelta al pueblo, quién lo sabe. Tengo que intentar no pensar en eso porque si no la vida en tierra o en mar seguro que se me hará insoportable.

—¿Qué te parece el mar, Mauricio? —me ha preguntado Magdalena, apoyada en la barandilla, con los ojos cerrados y sintiendo el aire con sabor a sal. Me ha sacado de mis elucubraciones, cosa que he agradecido.

—Grande. Me parece muy grande. —Es todo lo que he sido capaz de decirle.

—Mira, por allá —ha señalado hacia el este. Lo sé porque el sol estaba de ese lado— está Francia. Por el norte llegaríamos hasta las costas de Noruega, incluso a Islandia, un poco más al oeste. Y por el oeste está Inglaterra, y luego Irlanda, y mucho después, América. Y por el sur... —Su voz se ha entrecortado—. Por el sur está todo lo que hemos dejado.

—Volveremos algún día, Magdalena.

—Claro. Claro que volveremos.

Pero ninguno de los dos lo hemos dicho con entusiasmo ni con convencimiento.

—Así que te parece grande —ha repetido—. Y supongo que algo más.

—Y azul. Es muy azul. En mis libros los dibujos siempre son en blanco y negro. No lo imaginaba así de azul.

—Eso depende de la luz. Cuando está nublado no tiene este color tan intenso. Está incluso gris.

—Como mi pueblo —he comentado.

—Como el mundo entero cuando el sol no lo ilumina. El sol que hay ahí arriba, o el sol de la razón, el que ilumina las conciencias y los corazones.

—Prefiero que esté azul como ahora.

—Y yo también —ha dicho, me ha mirado, y en ese momento he pensado que en sus ojos habitan todos los rayos de sol que necesitaría para seguir viviendo.

Eso he pensado, pero no se lo he dicho. Habría resultado cursi e improcedente. Las dos cosas a la vez.

—Me gusta que tu primer contacto con el mar haya sido en un día tan luminoso como este. Cierra los ojos y deja que el viento te acaricie la cara. Luego pasa la lengua por los labios y verás que están salados. El viento trae siempre el sabor del mar.

Lo ha dicho sin pensar que esas palabras, «lengua», «labios» y «sabor», podrían tener en mí un efecto diferente al meramente descriptivo. Tampoco se lo he dicho. Hay un brillo de entusiasmo en Magdalena en contacto con el mar que no quiero turbar con ningún comentario. Sus mejillas siguen arreboladas, ahora más por la acción de la brisa que por el resto del carmín materno, que va desapareciendo conforme el Deriguerina avanza hacia las costas francesas.

He cerrado los ojos y he sentido el aire en mi piel. También he notado su mano junto a la mía en la barandilla. Hemos estado así varios minutos, en los que he intentado no pensar en nada. Solo intentaba recordar el resto del poema, pero no lo he conseguido. Únicamente me acuerdo de esos dos primeros versos. Tampoco me hace falta nada más. No necesito el resto de los versos. Solo esos. «El mar. La mar. El mar. ¡Solo la mar!».

—Creo que nunca podré olvidar que la primera vez que vi el mar fue contigo. Aquí y ahora. El mar. La mar. Contigo, Magdalena. Gracias.

—¿Gracias? No me las des. El mar está aquí desde siempre. No te lo he traído yo.

—No me lo has traído. Pero me lo has regalado. —He sonreído.

—¡Qué bonito esto que dices! Pareces un poeta.

—Soy un poeta —le he contestado, y de repente me he parecido tan presuntuoso que he querido borrar mi frase, que ha quedado suspendida en el aire salado—. Quiero decir, que me gusta la poesía y a veces escribo versos.

—Me gusta mucho cómo hablas. Sí que pareces un poeta. Un poeta del mar.

—A partir de ahora intentaré serlo. Un poeta del mar. O de la mar.

—«El mar. La mar. El mar. ¡Solo la mar!» —ha dicho—. Me gustan mucho esos versos.

—A mí también. Los aprendí en el colegio.

—A mí me los enseñó mi madre. Conoció al poeta en un sanatorio en Segovia. No me acuerdo de su nombre. Solo de sus versos.

—Yo tampoco —le he mentido. Los versos son de Rafael Alberti.

—Qué casualidad. ¿Sabes una cosa? Yo también me acordaré de este momento. ¿Y sabes por qué?

—No —le he contestado.

—Porque tú también me has regalado el mar.

# MAGDALENA

# 13

Aquel primer barco era viejo y destartalado, pero nos sacó de la guerra y nos llevó a nuestro primer destino. Nunca olvidaré aquella primera noche, en la que casi todas las niñas que había a mi alrededor vomitaban sin parar. Nunca habían navegado y se mareaban constantemente. El hecho de que la bodega, donde nos alojábamos, estuviera bastante oscura tampoco ayudaba. No había un punto de referencia al que agarrarse para que la cabeza no diera vueltas. Al otro lado de los sacos que nos separaban de los chicos, yo veía al joven que me había hablado en la escalerilla cuando subíamos. Mauricio. Lo vi hablar con el profesor mayor, con el más joven, con el chico que había a su lado. Lo vi mirarme y por eso, cuando ya nos dijeron que podíamos subir a cubierta, fui a buscarlo para que me acompañara arriba. ¿O fue él quien vino hasta mí? Habían pasado veinte años desde aquel viaje hasta el regreso en el Crimea. Ese detalle no lo recordaba, pero no había olvidado a Mauricio ni nuestra conversación en la cubierta del Deriguerina. Aquella había sido la primera de muchas otras conversaciones. El primero de muchos momentos compartidos. Para él, era su primera vez en el mar. De hecho, era la primera vez que veía el mar, aunque lo tenía muy presente en aquellos versos que ambos conocíamos desde niños. Yo, porque me los había enseñado mi madre; él, porque los había aprendido con su maestro. Eran versos, esto lo supimos después, de un libro de Rafael Alberti que se titulaba *Marinero en tierra*. Un poeta que también se había ido al exilio, en otro barco, desde otro mar y a otro continente.

Yo no podía creerme que Mauricio nunca hubiera visto el mar. Para mí era extraño pensar en una vida lejos de él. Yo vivía en el mar. Necesitaba su olor, su sonido. No me imaginaba lejos del vaivén de las olas.

Fui de las pocas que no se mareó aquella noche. El barco hizo movimientos muy bruscos para esquivar las bombas que nos enviaba el Almirante Cervera, uno de los barcos más mortíferos de toda la guerra. Esto también lo supimos después de llegar a Rusia, cuando el anciano maestro nos contó por los peligros que habíamos pasado y que nos había intentado ocultar para que no fuéramos víctimas del pánico dentro de la nave.

Mauricio tenía dieciséis años y ya había trabajado en la mina, como su padre. Era un poco más alto que yo y estaba extremadamente delgado: el año largo de guerra había llevado hambre a muchas localidades y a las familias menos pudientes. La mía lo era bastante, así que no nos había faltado de casi nada. Pero en la suya hacía tiempo que no llegaba el pescado. Muy de vez en cuando se mataba en el pueblo alguna vaca, pero se intentaba aprovechar mientras podía dar leche, así que en los últimos tiempos poca carne había comido. No obstante su delgadez, parecía un chico fuerte. Hablaba poco, aunque su manera de hacerlo me gustaba mucho. Le salían frases que parecían versos. Pero no porque los fuera a buscar, sino porque le nacían con naturalidad. Como si mirase el mundo desde un rincón diferente al de los demás. Un rincón desde el que todo se teñía de una pátina de poesía. Como si sacara las palabras del cofre de un tesoro.

Creo que me enamoré de Mauricio junto a la barandilla de aquel nuestro primer barco mientras el viento salado del mar se encontraba por primera vez con su rostro. Con sus labios, que poco tiempo después se convertirían en una prolongación de los míos.

Y también creo que Mauricio se enamoró del mar en aquel instante. Él nunca habría dicho que contemplar el mar era cosa de «gustos burgueses», ni que «el mar es mar. Sin más», como había escupido aquel hombre que en el Crimea había contestado al nombre de Mauricio San Bartolomé Argandoña.

El oficial dijo mi nombre mucho después del suyo, así que no nos asignaron al mismo autobús. Y es que desde el puerto de Valencia nos llevaron en autobuses hasta Zaragoza para hacernos allí las fichas de identidad y para preguntarnos cosas. Así nos lo habían comunicado ya a bordo. Cuando subí al autobús miré a ver si estaba allí, pero no. Seguramente habría ido en uno de los primeros que ya habían salido. Me tocaría esperar bastantes horas antes de volverlo a ver y de averiguar quién era y por qué se hacía llamar con un nombre que, estaba segura, no era el suyo. No podía ser que hubiera dos hombres de la misma edad que se llamaran Mauricio San Bartolomé Argandoña. Ni el nombre ni los dos apellidos eran tan comunes. Y era punto menos que imposible que se pudiera dar dos veces la misma combinación. Por otra parte, yo sabía que Mauricio no tenía ni hermanos ni primos varones, y mucho menos que hubieran ido a Rusia veinte años atrás.

Aquel hombre era un impostor. Había robado el nombre de Mauricio quién sabía con qué intención.

En el autobús me senté en uno de los pocos asientos que había libres junto a una ventanilla. Siempre me gustó mirar los paisajes que pasan al otro lado de los cristales. Lo solía hacer cuando viajaba de niña con mis padres. Siempre de niña, menos en aquel, mi último viaje en el coche del tío Ignacio, el viaje que me llevó desde mi casa hasta Gijón para embarcar. Y luego en Rusia, cada vez que nos cambiaban de casa cuando éramos adolescentes, cuando llegó la otra guerra y, después, cuando las cosas fueron muy diferentes a como las habíamos planeado.

A mi lado se sentó una de las viejas maestras, que intentó darme conversación y sonsacarme los planes que tenía en España. A todo le sonreía y le decía que no sabía lo que iba a hacer. En parte era verdad y en parte no, pero a ella no le importaba nada de mi vida.

En aquellos momentos no quería que nadie entrara en mi vida. Habían salido demasiadas personas queridas de ella y no deseaba que entrase nadie más. Ni siquiera a través de una, aparentemente, inocua conversación.

Le pedí que me dejara descansar y que tenía muchas cosas en las que pensar. Le dije, además, que me costaba hablar español y que no quería hablar ruso, así que prefería mirar por la ventanilla para familiarizarme con el paisaje.

Nunca había visto naranjos. Sabía que eran naranjos porque había visto fotografías. No podía dejar de mirar por la ventanilla. Ya había frutas en muchos de ellos. Conocía la palabra «azahar», que nombra las flores de los naranjos, que son muy olorosas, pero nunca había olido su perfume. Tampoco aquel día.

# 14

Mauricio tampoco había visto nunca ningún naranjo, pero fue él quien me dijo que sus flores eran blancas, olían muy bien y se llamaban «azahares». Me lo contó, sin que viniera a cuento, aquel mediodía a bordo del Deriguerina, cuando nos acercamos ya a las costas francesas y empezaban a verse árboles en las colinas que llegaban hasta el mar.

—¿Tú crees que en Rusia habrá naranjos? —me preguntó.

—Pues no sé. En mi tierra no hay —le contesté.

—En la mía tampoco.

—¿Por qué se te ha ocurrido pensar en naranjos?

—Algunos poetas hablan de naranjos y de limoneros. Hace dos Navidades, antes de que empezara la guerra, mis padres me regalaron una naranja y seis castañas.

Me sorprendió que una naranja y seis castañas pudiera considerarse un regalo de Navidad para un niño, pero no le dije nada.

—Nunca había comido nada tan rico, fresco y bonito como una naranja. ¿Has visto naranjas alguna vez?

—Sí. —Había visto y comido naranjas muchas veces. En invierno, un antiguo paciente le mandaba siempre a mi padre una caja desde Valencia.

—Si la cortas por la mitad, puedes ver que los gajos son como los radios de una rueda de bicicleta. Creo que quien inventó la bicicleta debió de comer muchas naranjas y de observarlas muy atentamente.

—Nunca se me habría ocurrido algo así.

—Y huelen muy bien —prosiguió—. Si le quitas la piel y la dejas secar, puedes meter trocitos en el baúl de la ropa y luego la ropa huele a naranja.

—En casa hacemos eso con los membrillos.

—Pero creo —continuó— que las flores de los naranjos todavía huelen más que las frutas. Se llaman «azahares». Como «azares», pero con hache y con dos aes. Es una palabra árabe.

—Azahar —repetí—. Es una palabra preciosa. Creo que nunca la había oído.

—Los poetas también hablan de los azahares y de su olor. Nunca las he visto. Por eso me gustaría saber si hay azahares, o sea, naranjos, en el sitio al que vamos. Me gustaría verlos al menos una vez en mi vida.

—Me parece que hace falta calor para que se críen los naranjos, y donde vamos hace frío. Pero los veremos cuando volvamos a España. Cuando acabe la guerra viajaremos mucho e iremos a la tierra de los naranjos.

—Ya —dijo.

Y en ese momento pareció que una nube hubiera pasado junto a él y le hubiera robado el alma.

Esa conversación de dos décadas atrás la recordaba en aquel autobús mientras pasaba junto a centenares, miles, tal vez millones de naranjos poco después de desembarcar en Valencia.

Qué diferente era aquel paisaje del que Mauricio y yo veíamos desde la cubierta del barco: al otro lado del mar la costa francesa se acercaba conforme el sol se escondía a babor. Nos habíamos quedado en cubierta varias horas y no teníamos intención de bajar a la bodega, donde habíamos dejado nuestras maletas y la manta que nos habían dado. A ratos estábamos en silencio. A ratos hablábamos del mar, de nuestras familias, de nuestros pueblos, de nuestros planes. Ambos queríamos ir a la universidad. Yo quería ser médico, como mi padre. Y Mauricio quería ser ingeniero de minas.

—Mi padre no quiere que baje nunca a una mina, pero bajar como ingeniero será muy distinto que bajar como minero.

—Estará muy orgulloso de ti.

—A él le gusta decir que la mina es el agujero por el que respira la Tierra.

—O sea que tu padre es un poeta como tú.

Se echó a reír por primera vez en toda la travesía.

—Eso mismo dice mi madre —repuso.

Siguió riendo y yo con él. A su lado, y en algunos momentos en la cubierta, había conseguido no pensar en mis padres. Mi padre me había dicho que no pensara demasiado en ellos. Que no tenemos que estar atados al pasado. Pero yo no quería pensar en ellos como parte del pasado. Ellos eran parte de mi vida. Habían sido mi vida hasta dos días antes. Y lo seguirían siendo siempre. Estuvieran vivos o muertos.

El barco se iba acercando más y más a la costa. Cuando pasamos cerca del puerto de La Rochelle, pudimos ver la fortaleza que había imaginado inexpugnable mientras leía *Los tres mosqueteros*, que fue la primera novela de verdad que leí. El primer libro que no era un cuento infantil y que no terminaba bien. Que la buena de Constanza muriera y que el malvado cardenal quedara impune me produjo mucha inquietud. Hasta ese libro, quedaba claro que los buenos siempre ganaban y que los malos perdían. Alejandro Dumas nos contó en esta novela que no siempre era así. Me pasé varias noches sin dormir pensando en ello a mis catorce años. Leer aquel libro me había quitado toda la seguridad que uno siente o debe sentir en la infancia. Cuando estalló la guerra dos años después, empezaron unos y otros a asesinar a gente buena, y comenzaron los bombardeos aéreos que mataban a niños y a ancianos, y yo me acordé de aquella historia. Ser bueno no era garantía de nada.

# 15

Se lo dije a Mauricio mientras contemplábamos aquella costa amurallada. Todavía nos quedaban varias horas hasta que llegáramos a Saint-Nazaire, donde estaba previsto que cambiáramos de barco.

—Espero que sea un barco mejor que este —dijo Mauricio, mientras se comía el trozo de pan que nos habían dado para engañar al hambre que empezábamos a tener.

El necesario cambio de rumbo hacia el norte, debido al ataque del crucero fascista, nos había hecho perder mucho tiempo y no había tantas reservas de comida para todos los que íbamos a bordo, que éramos mil cien niños y niñas en esas edades en las que cada uno podría zamparse medio cordero al día.

—Y, sobre todo, que nos den mejor que comer —añadió.

Recuerdo que en ese momento salió a cubierta el muchacho que dormía en la bodega al lado de Mauricio. Se llamaba Ezequiel y tenía una mirada aviesa, como de alguien que había visto cosas que un chaval no debería ver jamás. Tiempo después Mauricio me contó su historia, y entendí la expresión de su cara y el tono con el que pronunciaba cada una de sus palabras.

—¿Qué hacéis aquí? —preguntó.

—Contemplamos el mar y la costa —respondí.

—¿Y eso para qué sirve? ¿Os van a dar más pan por mirar?

Nunca me había planteado que todo tuviera que servir para algo práctico.

—Sirve para disfrutar. ¿Te parece poco?

—Cosas de chicas. —Su tono era tan despreciativo que, si no hubiera estado al lado de Mauricio, me habría ofendido.

—Oh, vamos, Ezequiel. Déjanos en paz —le pidió mi acompañante—. ¿No ves que estamos hablando?

—¿Estáis hablando o disfrutando de las vistas? ¿En qué quedamos?

—Hacemos las dos cosas —le contesté, y me fui hacia proa, donde estaban dos de las chicas a cuyo lado había pasado la noche.

Me puse a hablar con ellas y dejé a los dos chicos que hablaran de lo que les diera la gana. Sabía que Mauricio no tardaría en acercarse a mí.

—No le hagas caso. Es un chico triste. Hace unos días vio cómo los del sindicato mataban a su padre por haber cobijado a un sacerdote.

—Qué barbaridad.

—Y su padre también era miembro del sindicato.

—No me extraña que esté rabioso con el mundo entero.

—Se le pasará —me dijo al oído Mauricio.

—Eso no se pasa —repuse yo, que había oído contar muchas cosas a mi padre sobre cómo funcionaba la mente. Sobre cómo mucho de lo que nos ocurre de pequeños es el alimento para nuestros años adultos. Para bien y para mal. Incluso aquello de lo que no nos acordamos nos va forjando sin que nos demos cuenta. Se lo dije a Mauricio.

—Yo no creo en esas cosas.

—Están comprobadas científicamente. Es más, parece que hay quienes analizan los sueños porque es ahí donde se recuerdan y salen cosas que nos pasaron y de las que nuestra vida consciente no se acuerda. —Hice una pausa—. A mi padre le gusta mucho todo eso y a menudo nos pregunta a mamá y a mí qué hemos soñado. Creo que es su manera de meterse en nuestras cabezas.

—¿Y cómo podría yo meterme en tu cabecita? —me preguntó y yo me ruboricé muchísimo.

—En mi cabecita no hay muchos misterios. Ni secretos.

—Pero los habrá muy pronto.

Me quedé callada. No sabía a qué se refería con eso de que pronto tendría mis secretos. En aquel momento su frase me pareció muy enigmática.

Pronto dejaría de serlo.

# 16

El caso es que el hombre que decía llamarse Mauricio me había recordado a alguien inconcreto cuando, asomados a la barandilla del Crimea, dijo aquello del mar y los gustos burgueses. Mientras miraba los naranjos por la ventanilla y mi memoria me llevaba a aquellos días de la primera travesía, me acordé de Ezequiel. Sí. Era a Ezequiel a quien me recordaba aquel hombre. Tenía el mismo regusto amargo en el tono con el que hablaba y la mirada resentida de quien ha vivido lo que nadie debería vivir. Pero Ezequiel era más joven que Mauricio. Tenía tres años menos que él. Cuando lo conocimos en el barco era un niño y se notaba una diferencia de edad que con treinta y dos o treinta y cinco no se iba a notar.

Intenté no pensar en ello, aunque no tuve ningún éxito en mi propósito. En mi cabeza se mezclaban las imágenes de aquel día mientras pasábamos junto a las costas de La Rochelle con las del joven que se hacía pasar por Mauricio.

Mauricio, Ezequiel y yo en la cubierta lejana del Deriguerina. Yo en la del Crimea. Quién sabe si también Ezequiel bajo el nombre de Mauricio.

La mera posibilidad me produjo un mareo como no había sentido en ninguna de las travesías marinas que había hecho en todos esos años. Creí que iba a vomitar, pero cerré los ojos, me concentré en que era preferible no hacerlo, respiré profundamente varias veces y conseguí controlar mi cuerpo a través de la muerte. En Rusia estudié Medicina, como siempre había querido, y me especialicé en Psiquiatría. Quería estudiar el mundo de los sueños que siempre me había fascinado gracias a mi padre, pero en la Rusia de Stalin aquello se consideraba demasiado burgués, hijo del capitalismo y decadente.

Había conseguido clandestinamente algunos libros de Sigmund Freud, que había quemado antes de mi viaje de regreso. Si alguien me hubiera encontrado con ellos, probablemente habría acabado en Siberia o en algún otro sitio peor.

Siberia. Siberia. Aquella palabra que sonaba tan bien se había convertido durante años en sinónimo de amenaza, de frío, de torturas y de muerte. La cuestión es que estudié casos del doctor Freud, me interesé por el significado de los sueños y por el poder de la mente, de la que usamos solo una pequeña parte. Por eso fui capaz de controlar mi cuerpo en aquel asiento del autobús que me llevaba de Valencia a Zaragoza junto a más de cincuenta repatriados, a los que finalmente nos habían dejado salir de la Unión Soviética.

# 17

Llegamos al puerto francés de Saint-Nazaire, y solo entonces nos sentimos seguros. Habíamos dejado atrás la ciudad de Burdeos, que por culpa de la persecución a la que nos sometió el Almirante Cervera tuvimos que abandonar sin ni siquiera acercarnos. Yo tenía ilusión de conocer esa ciudad porque mis padres la habían visitado en su luna de miel. Mamá me contaba que tenía las fuentes más hermosas que había visto en toda su vida, y avenidas tan largas y tan anchas como la ría de nuestro pueblo. Mi primera noche en el Deriguerina, cuando no podía dormir, fantaseaba con pasear por las calles de aquella ciudad francesa y con hablar francés con las mujeres que vendían flores en las esquinas. Mi padre le compraba flores frescas a mamá todas las mañanas y se las subía a su habitación del hotel antes del desayuno. Eso había sido justo un año antes de mi nacimiento, cuando el mundo había pasado una gran guerra y no pensaba que poco después ocurriría todo lo que ocurrió. París era el centro cultural de todo el universo conocido y allí vivían poetas, pintores, músicos, artistas de todo tipo, una vida bohemia que lo más parecido que tenía en España era la Residencia de Estudiantes de Madrid, donde habían coincidido Dalí, García Lorca, Buñuel. Papá me contaba todas aquellas cosas y que en Francia había vivido también el poeta Antonio Machado, y el pintor Picasso y tantos otros. En mi imaginación, lo que pasaba en París pasaba en toda Francia, y muy especialmente en Burdeos, de donde tenía recuerdos imaginarios gracias a lo que me contaban mis padres.

Pero no fuimos a Burdeos, y de Saint-Nazaire solo vimos el puerto y la playa. A finales de septiembre todavía hacía buen tiempo y en la playa había bañistas. Mujeres en trajes de baño que tomaban el sol tumbadas en la arena con grandes pamelas y gafas de sol de todos los colores. Gentes que paseaban y se zambullían felices en el agua, ajenos a nuestra presencia en el barco que se acercaba.

Recuerdo que les hacíamos señales con nuestros brazos y las acompañábamos con nuestros gritos.

—No nos oyen —me dijo Mauricio—. Ni nos ven. Estamos demasiado lejos.

—Lo están pasando bien. No quieren que nuestra presencia les perturbe su felicidad —apunté.

—Seguramente están acostumbrados a ver barcos que entran al puerto todos los días. No se imaginarán que en este mercante viajamos más de mil cien niños españoles que huyen de la guerra —continuó Mauricio, que siempre creyó en la bondad natural del ser humano.

—Y, aunque lo imaginaran y lo supieran, no les importaría.

—¿Cómo puedes decir eso, Magdalena?

—Porque es la verdad. Cada uno vivimos en nuestro pequeño mundo. Nos importamos nosotros y las pocas personas a las que queremos. El resto nos da igual. —Eso dije, y a la vez que pronunciaba esas palabras sentía mi propia contradicción: quería convertirme en médico como mi padre. Y lo deseaba con todas mis fuerzas para ayudar a los demás.

¿Realmente era para ayudar a los demás? ¿O por mi propia vanidad, como me dijo un miembro de un comité soviético cuando solicité mi entrada en la Facultad de Medicina de Moscú? ¿O acaso era por mi deseo de parecerme a mi padre, que fue el hombre al que más he admirado en toda mi vida?

—Seguro que muchas de esas personas —Mauricio señaló hacia la playa— estarían muy contentas de acogernos en sus casas hasta que se terminara nuestra guerra.

No le contesté. Volví a mover mis brazos y a gritar hacia donde estaban los bañistas, igual que hacía la mayoría de nuestros compañeros en el barco. Como ya nos habíamos acercado más, algunas personas se levantaron de sus toallas y alzaron sus brazos moviendo las manos para saludarnos. Seguramente estaban sorprendidas. No tenían ni idea de que aquel barco de transporte, al que habrían visto a menudo, esa vez no transportaba lana, ni trigo ni materiales. Esa vez el Deriguerina transportaba a cuarenta maestros con mil cien niños y niñas españoles que habían salido de su país para huir de los bombardeos y de una guerra fratricida a la que la mayoría de los gobernantes de todo el mundo estaba dando la espalda. La Alemania de Hitler y la Italia de Mussolini apoyaban al bando rebelde. El gobierno legítimo de la República no tenía aliados. Tal vez si Europa no hubiera mirado hacia otro lado, no habría ocurrido lo que ocurrió poco después, entre 1939 y 1945, en el corazón del continente y en medio mundo, cuando se siguió mirando hacia otro lado hasta que no hubo remedio.

# 18

Ezequiel fue uno de los últimos chicos en bajar del barco. Lo buscamos por todos los lados y no lo encontrábamos. Los maestros lo llamaban y no acudía.

—¡Ezequiel Ibarra Peña! —repetíamos todos, sin éxito.

Fue el maestro manco el que lo encontró agazapado en uno de los armarios de la cocina. Estaba comiendo un trozo de pan y escondido.

—Pero ¿se puede saber qué estás haciendo ahí metido?

—No quiero bajar.

—¿Cómo que no quieres bajar? Aquí no te puedes quedar.

—Quiero volver a España —murmuró.

—Oh, vamos. No puedes volver. No podemos volver ninguno de nosotros.

—Quiero volver para matar al hombre que ha matado a mi padre.

—Ezequiel, tampoco puedes hacer eso.

—Lo mataré.

—Pero no ahora. Ahora tenemos que bajar de este barco para subir a otro que ya nos está esperando. No podemos retrasar su salida. Además, este cacharro no va a volver a nuestro país.

—Puedo quedarme aquí, bajar después e ir andando hasta España.

El maestro se echó a reír.

—No se puede ir andando desde aquí hasta tu pueblo, muchacho. Tardarías meses, y en esos meses te pasarían cosas terribles. Puede incluso que no vivieras para contarlas. Así es que ven conmigo. Confía en mí.

—No confío en nadie. A mi padre lo mató uno del comité en el que confiaba.

El hombre le tendió el brazo al que le faltaba la mano. Era un gesto que hacía muchas veces porque aún no se había acostumbrado a pensar que su mano derecha ya no existía. El chico se dio cuenta y se levantó sin ayuda. Se puso al otro lado y le dio la mano al maestro. Mauricio y yo habíamos asistido en silencio a la escena. No dijimos nada. Ezequiel y el maestro se quedaron un rato en la cubierta, hablando con el profesor más anciano, que removía el pelo del chico de vez en cuando mientras cabeceaba de un lado a otro.

Mauricio y yo bajamos la escalerilla con nuestras pequeñas maletas y tocamos tierra francesa.

Quería sentir emoción al hacerlo, pero no sentí nada.

# MAURICIO

# 19

Por fin hemos llegado a tierra francesa. Ha sido en Saint-Nazaire y no en Burdeos, como estaba previsto. No importa, eso me ha permitido estar con Magdalena en la cubierta mientras bordeábamos esa parte de la costa gala.

El Deriguerina ha fondeado al lado de un buque soviético, que es mucho más grande y que está recién pintado de negro. Tan negro como los uniformes de la tripulación, entre los que hay varios hombres con rasgos asiáticos. Me llama la atención porque nunca había visto a un japonés o chino o vietnamita en carne y hueso. Solo en fotografías y en dibujos de los libros escolares. Una parte de ellos nos han esperado en el muelle mientras los mil cien niños y niñas bajábamos por la escalerilla. Son hombres jóvenes, y bajo sus camisas se les adivina una musculatura trabajada a propósito. Estaban apostados en dos filas, entre las que íbamos pasando nosotros. Miraban al frente y en ningún momento han sonreído. Tenían las manos a la espalda y no han dicho nada. Todos tienen más o menos la misma estatura.

—¡Qué guapos son todos! —han exclamado unas cuantas niñas, entre ellas, también Magdalena. Me ha dado una punzada en el estómago.

—Parecen salidos de una fábrica de hombres: son todos iguales —he dicho y Magdalena me ha sonreído.

—¿Y serán así todos los rusos? —he oído a una de las maestras, que le preguntaba a una de sus compañeras.

—Si son así de guapos, creo que no voy a querer regresar, aunque se termine la guerra —le ha contestado.

Magdalena me ha contado que en el colegio las monjas le decían que los rusos eran como los diablos, que iban vestidos de rojo, que tenían cuernos y una larga cola en forma de tridente. A mí en el colegio nunca me habían dicho nada parecido. Los maestros nos decían que los bolcheviques habían matado a toda la familia imperial, incluidas las jóvenes y bellas princesas y el príncipe heredero. Y nos lo decían como si fuera un ejemplo que todos los países deberían seguir. Eso me había impactado mucho porque a mí me parecía, y me parece, que eso de matar niños no se debe hacer. Ni niños ni mayores, claro.

El caso es que hemos subido directamente al barco soviético, sin poder tocar más tierra francesa que la que han pisado nuestros zapatos en el muelle. Este barco se llama Kooperatsiya, que es una palabra que se parece mucho a «cooperación», aunque no sé si querrá decir lo mismo. Cooperación es una de esas palabras que en la mina se repetía mucho, y en el sindicato, y también en mi casa: sin cooperación nada funciona. Si cada uno va a lo suyo, sin pensar en los demás, no hay nada que hacer. «Si no se trabaja en equipo, no se consigue nada», solía decir mi padre, que espero que pueda leer pronto estas palabras para que vea que me acuerdo mucho de él y que llevo sus enseñanzas grabadas en mi memoria.

# 20

A algunas de las niñas mayores las han alojado en salones grandes, en los que había colchones y mantas. A la mayoría de los chicos y a las pequeñas nos han colocado en la bodega, como en el anterior barco. Nos han dicho que este viaje iba a ser más corto, que zarparíamos al anochecer y que por la mañana ya estaríamos en Londres.

—¿En Londres? —hemos preguntado extrañados.

Magdalena se ha acercado a mí cuando ha oído nuestro destino.

—Vamos a Londres para volver a cambiar de barco. No nos quedaremos en Londres —ha explicado el maestro más anciano.

—¿Y por qué no? En Londres hay una torre muy alta con un reloj —ha dicho una de las pequeñas.

Entonces un montón de voces se han alzado. Había voces infantiles, y voces adolescentes. Niños a los que ya les ha cambiado la voz y todavía no se reconocen en ella. Voces de todo tipo. Algunas acompañadas por sollozos. Otras, por ironía. Algunas, por odio.

—Y muchos castillos, como en los cuentos.

—En los castillos hay reyes. No queremos reyes. Somos republicanos.

—Pues a mí me gustan los reyes, las reinas y las princesas. Sus vestidos son más bonitos que los de las milicianas. Y en vez de gorras llevan coronas —ha contestado.

—Pero ¿tú qué sabrás, mocosa?

—No soy mocosa. A ti sí que se te caen los mocos y te los limpias con la manga. Eso es asqueroso.

—¿A que te doy una bofetada?

—No te atreverás —le ha dicho la niña mientras levantaba la barbilla y arqueaba las cejas.

—¡Eh!, ¿qué pasa aquí? —Ha venido una de las maestras jóvenes en cuanto ha escuchado unos gritos que tenían un tono que no le ha gustado.

—Pasa que este —ha señalado la niña al adolescente que le había levantado la voz— me ha llamado mocosa, y yo le he dicho que el mocoso es él. Me ha amenazado con darme una bofetada, y eso no se lo voy a consentir porque, porque…

La niña ha empezado a sollozar. Ha debido de acordarse de algo muy triste que ha provocado sus lágrimas. Se la ha llevado la maestra y la ha estado abrazando y acariciándole la cabeza. Magdalena me ha llamado a un aparte.

—Esa niña se pasó ayer toda la noche llorando en el otro barco. No sé lo que le pasa, pero llora mucho.

—Es pequeña y está lejos de su familia. Esto tiene que ser muy duro para los más pequeños.

—Y también para nosotros. Solo que nosotros no queremos llorar, ¿verdad que no, Mauricio?

Le he sonreído. La verdad es que a mí también me entran a veces muchas ganas de llorar, pero me las aguanto. Igual que hacía en casa cada vez que sabía que tenía que bajar a la mina, y me daba miedo. Queda muy poético decir que la mina es el lugar por el que respira la Tierra, como hacía mi padre, pero la mina te dificulta la respiración por todo el veneno que te entra en los pulmones y en el alma. Sí. Yo he llorado a escondidas por esa razón. Y mi padre. Y mi madre más que nosotros. Imagino que ahora también estará llorando por mi ausencia, aunque en el fondo también estará contenta de saberme a salvo. Los humanos somos contradictorios: una misma realidad nos pone tristes y alegres al mismo tiempo. ¿Quién puede entender esto?

# 21

Magdalena se ha convertido en la compañera de este viaje. En el Kooperatsiya no estamos tan cerca como en el barco anterior, pero nos buscamos y nos encontramos en cubierta. En este barco también nos dan más comida. Nos guardamos el pan y las salchichas para comerlas juntos, y hablamos mientras estamos sentados debajo de una escalera que lleva a la zona donde está la cabina de mando y donde no nos dejan pasar. De vez en cuando ha pasado algún oficial que nos ha mirado con cara de lástima, pero que nos ha dejado quedarnos donde estamos. No somos los únicos que salen de la bodega o de la sala para pasar el rato al aire libre. La noche está estrellada, como en el poema de Neruda, y las estrellas se confunden con las luces de los barcos de pesca que faenan tranquilos en estas aguas.

No hay miedo de que ningún barco o submarino nos lance ningún torpedo. A la salida del puerto nos hemos encontrado con varios yates de recreo que estaban fondeados a cientos de metros de la costa. Dos de ellos han salido a acompañarnos. Desde nuestra cubierta se escuchaba la música que sonaba en uno de ellos, y que me ha parecido un pasodoble. He pensado que tal vez los viajeros eran tan refugiados como nosotros. Sabíamos que muchos españoles habían ya emigrado a Francia.

Entre ellos, personas con buenos contactos entre gente acomodada. He imaginado que seguro que en ese yate tendrían uno de esos gramófonos de los que hablaba mi madre, y que tenía la señora de la casa de uno de los amos de la mina. Mi madre iba tres veces por semana a planchar a esa casa principal, y oía la música que, como ella decía, parecía que se fabricara en uno de aquellos aparatos. La señora le daba cuerda con una manivela para que empezara a salir sonido por la bocina, que parecía una gigantesca caracola de mar. Al principio y al final salía un sonido deformado, pero la mayor parte de la obra se oía estupendamente.

Se lo he dicho a Magdalena.

—En casa tenemos uno. Lo compraron mis padres en Francia, durante su luna de miel. También compraron unos cuantos discos. Me gusta mucho escucharlos. Creo que es una de las cosas que más voy a echar de menos.

—Dicen que en Rusia todo el mundo puede ir al teatro, a los conciertos, al ballet, a la ópera. Todos, también los trabajadores —he comentado.

—Ojalá sea así. ¡Me muero por oír música y bailar! La tengo toda en mi cabeza, pero no es lo mismo.

Ha sido entonces cuando se me ha ocurrido. Todavía se oía la música que provenía del yate que nos estaba acompañando en nuestra salida a mar abierto.

—¿Quieres que bailemos? —le he preguntado.

—¿Qué estás diciendo?

—¿Que si quieres bailar conmigo?

—¿Aquí? ¿Así?

—Bueno, este es un lugar tan bueno como otro cualquiera. —He señalado nuestro alrededor—. No estamos en ninguna verbena, ni en ninguno de esos bailes para señoritas en un palacio, pero estamos en el mejor salón de baile que podemos imaginar: el suelo es la cubierta de un barco y el techo es el cielo con las lámparas más hermosas que existen, que son las estrellas.

—Oye, sabes que eres un romántico, ¿verdad? —Se ha reído.

—No soy más que un poeta de tierra perdido en este mar. Soy el hijo de un minero enfermo que quiere bailar con la chica más bonita del barco.

Magdalena se ha ruborizado, ha sonreído, y se ha levantado del rincón que ocupábamos. Ha dejado en el suelo el resto de la comida dentro de su gorrito de lana y me ha dado las dos manos para incorporarme.

Cuando nos hemos puesto de pie frente a frente, no he sabido qué hacer. No había bailado con una chica en toda mi vida. Aún no sé cómo se me ha ocurrido pedirle que bailáramos.

La música ha seguido sonando, aunque han cambiado de disco. Ya han dejado los pasodobles para sustituirlos por otro tipo de música que no he reconocido.

—Es un vals —ha dicho Magdalena mientras su mano derecha cogía la mía izquierda y apoyaba la otra en mi hombro.

El contacto de su piel me ha provocado un escalofrío y algo más. Afortunadamente, ella no ha notado ni una cosa ni otra. Me habría muerto de la vergüenza ahí mismo.

—No sé bailar —he reconocido.

—Es fácil. Déjate llevar. Hay que dar un paso largo y dos cortos, y luego girar. Pero eso ya es más difícil. Lo mejor es dejarse llevar por la música. Sentirla y nada más. Escucha y deja que te acune. La música es como el mar cuando te quedas inmóvil y te va meciendo.

Le he hecho caso y me he dejado llevar, como si la brisa, el mar y las estrellas me llevaran con sus manos y con la música del yate. Por un momento, he sentido que ella y yo éramos un solo ser, que podríamos estar juntos para siempre, navegando el mismo mar, la misma tierra, la misma vida.

# 22

Nunca había estado tan cerca de ninguna chica. A pesar de los dos días que llevamos de viaje y sin apenas habernos lavado, Magdalena huele muy bien. Me da la impresión de que entre sus cosas guarda un frasco de colonia, que se echa de vez en cuando. Huele a fresco, a como olía la ropa recién lavada que mi madre tiende en el patio de nuestra casa. Yo no noto mi olor, pero imagino que no es tan rico como el de ella. No tengo colonia y apenas hay agua con la que lavarnos después de hacer nuestras necesidades. El Deriguerina olía muy mal. Este no tanto. Se ve que aquí hay mucha disciplina y nos llevan a la letrina por orden y nos invitan a que usemos unos grifos comunes, por los que sale agua limpia.

—No bailas tan mal —me dice, y yo sé que está mintiendo porque a veces hay que mentir a las personas para que no se hundan en la miseria.

—Bailo fatal, pero me gusta que me mientas.

—Yo nunca miento —afirma.

—Ahora lo has hecho.

Se ha echado a reír y por un momento ha apoyado su frente en mi hombro.

—Me gusta que vayamos a Londres —confiesa.

—¿También tus padres viajaron allí en su viaje de novios?
—No he podido evitar decirlo con cierto tono de reproche de
clase, que en algunos momentos no puedo evitar. Ella no se
ha dado cuenta. Hay una inocencia bondadosa en Magdalena
que no le permite tener pensamientos negativos.

—No. Pero yo he leído muchas novelas ambientadas en
Inglaterra y siempre he deseado visitar ese país —comenta.

—Me temo que solo tocaremos tierra y cambiaremos a
otro barco.

—Bueno, pero habremos estado, aunque sea un momento, en el lugar que vio nacer a Jane Austen, a Charlotte Brontë, a Emily Brontë, a Charles Dickens, a lord Byron, a Mary
Shelley, ¡a William Shakespeare!

—Ese es el único que me suena. Y lord Byron, que era
poeta.

—Como tú —ha dicho y ha vuelto a apoyar su frente en
mi hombro.

En ese momento se ha dejado de oír la música. O tal vez se
había dejado de oír ya un rato antes y no nos habíamos dado
cuenta. Hemos mirado por la borda. El yate está ya lejos de
nosotros. Hemos seguido bailando con la música metida en
nuestros oídos. Igual que cuentan que le pasaba a Beethoven,
que estaba completamente sordo, pero en su cabeza lo tenía
todo. Oía todo dentro de sí mismo, todas sus sinfonías y sus
conciertos. Qué sensación tan extraña debía de tener. No le he
dicho nada a Magdalena sobre Beethoven. Es la música de su
respiración la que quiero guardar en mi memoria para sacarla
cada vez que no la tenga cerca.

# 23

Creo que me he enamorado de Magdalena. Quiero decírselo. Quiero besarla aquí mismo, en la cubierta del Kooperatsiya, pero en ese momento se acerca a nosotros una de las jóvenes maestras, que viene con cara de pocos amigos.

—Pero ¿qué está pasando aquí, chicos?

—Estábamos bailando, señorita Arcadia. —Porque se llama Arcadia, aunque no irradie ni un ápice de felicidad.

—Bailar un vals es una actividad propia de burgueses —ha dicho—. La danza es algo sagrado que debe llenar de satisfacción al público que lo vea. No es algo que se hace por propio placer, como estabais haciendo vosotros.

—Pero no le hacíamos mal a nadie, señorita —ha replicado Magdalena.

—Ni mal ni bien. Cuando lleguéis a Rusia entenderéis mejor que todas vuestras actividades deben tener como finalidad el bien común, el bien de la sociedad, de la gente, del proletariado. No el placer de quien ejecuta la acción, sino de aquel que la disfruta. No quiero volver a veros bailar en todo lo que nos queda de travesía. Ni en este barco hasta Londres, ni después cuando zarpemos desde Inglaterra a Leningrado. Y ahora será mejor que entréis dentro y os vayáis cada uno a vuestro aposento.

Así ha dicho «aposento», que es una palabra que solo usan los escritores que quieren dar a sus obras un cierto regusto antiguo.

Se ha marchado después de lanzarnos su discurso sobre el bien común y sobre que no merecemos disfrutar de nada si no lo compartimos con los demás. No he entendido casi nada. Solo me ha quedado claro que Magdalena y yo no podremos bailar hasta que lleguemos a Leningrado. O quizá ni eso.

—Qué amargada está esta mujer —ha dicho Magdalena mientras me volvía a coger la mano, como si quisiera danzar de nuevo—. Me pregunto por qué se habrá embarcado con nosotros.

—Como todos los demás. Si se hubieran quedado los fusilarían. Lo han hecho ya con varios maestros.

—¿Han matado a maestros? —me ha preguntado Magdalena con un gesto de dolor. Me ha soltado la mano mientras ha hablado.

—En el pueblo de mi madre. Ella no es asturiana, sino de Aragón. Se fue a Asturias a servir en la casa de los dueños de la mina, y se casó con mi padre. Pero toda su familia se quedó en aquel pueblo lejano. Recibió hace poco una carta de una de sus hermanas. Le contaba que al maestro lo habían fusilado y luego habían arrastrado su cadáver por el pueblo.

—Pero qué barbaridad.

—Eso le contó. Mi madre se quedó muy triste cuando leyó la carta. Aquel maestro le había enseñado a leer, a escribir y a pensar. Ya era un hombre mayor, y lo mataron. Si doña Arcadia o todos los demás se hubieran quedado, habrían corrido la misma suerte. Somos afortunados, Magdalena, de estar aquí.

Magdalena se ha apoyado en la barandilla que nos separa del mar. La brisa mueve los pocos cabellos que se le han soltado de las trenzas. El sol se está escondiendo en el horizonte. Es un círculo rojo que se mete en el mar.

—Se esconde para no ver lo que pasa en la tierra. ¿No te parece? —ha dicho—. Ni siquiera el sol puede soportar todas nuestras desgracias. Necesita alejarse y que venga la noche con su manto oscuro para tapar a los vivos y a los muertos.

—Ahora eres tú la que habla como un poeta.

Me he puesto a su lado, mi cuerpo junto a su cuerpo. He sentido la forma de sus caderas junto a las mías, y su escalofrío. Un escalofrío que no le ha provocado mi cercanía, sino la ausencia del sol.

Con el manto oscuro viene también el frío de la noche marina.

# 24

La señorita Arcadia ha vuelto a pasar a nuestro lado y nos ha ordenado que nos fuéramos inmediatamente a nuestros «aposentos». Esta vez le hemos hecho caso. De alguna manera estamos bajo las órdenes de todos los maestros, así como de la tripulación.

Uno de los marineros se ha quedado mirando a Magdalena de una manera que no me ha gustado. Son hombres jóvenes que quizá lleven varias semanas embarcados. He oído al maestro más anciano decirle al manco que la presencia de adolescentes hermosas les tiene inquietos y que hay que vigilar que no pase nada. He sorprendido su conversación después de dejar a Magdalena en la puerta de la sala donde duermen unas trescientas chicas.

—Quiero que hagáis guardia en las puertas de estos salones durante toda la noche. Que no salga ninguna chica y que no entre nadie. No se sabe lo que hay en la cabeza de esos marineros.

—Profesor, son soldados soviéticos. Tienen más disciplina que cualquier otro soldado del mundo —le ha replicado el más joven.

—La oscuridad es poco amiga de la disciplina, muchacho. Y el aire marino tampoco beneficia al sosiego. No quiero ningún disgusto. Ni que le pase nada a ninguna de nuestras niñas ni que tengamos un conflicto diplomático con el país que nos va a acoger. Sería la peor de las maneras de empezar.

—No se preocupe, profesor. No pasará nada —ha afirmado.

—Confío en ti y en tus compañeros. Yo estoy demasiado viejo como para pasarme la noche en vela. Tengo que dormir. Estoy cansado.

Me he hecho el encontradizo con él en el pasillo.

—Así que estás aún por aquí. Será mejor que te vayas a dormir, jovencito. ¿Te ha tocado salón o bodega?

—Bodega, señor.

—¿Y ya tienes un sitio o vas a buscarlo ahora?

—Tengo un rincón con mis cosas —le he asegurado.

—Pues duerme un rato. La noche en el mar es demasiado larga. Me ha dicho el capitán que vamos a tener buen tiempo, así que no habrá tantos movimientos como ayer.

—Ojalá, señor.

—He visto que has hecho amigos ya en el barco.

—Pues, no sé, yo … —Sus palabras me han pillado desprevenido.

—Esa chica de las trenzas. ¿Cómo se llama?

—Magdalena. Se llama Magdalena.

—Magdalena Aristegui Barrios, ¿verdad?

—No sé sus apellidos, profesor.

—Ya te los digo yo, Aristegui Barrios. Reconocí a su madre en el muelle. Ella no me reconoció a mí. Pero yo a ella sí. La vida tiene estas cosas, muchacho.

—¿Qué cosas?

—Que cuando uno está a punto de embarcarse en medio de una guerra se reencuentra con la que fue su amor hace muchos años —ha confesado.

—¿La madre de Magdalena?

—Yo también fui joven, muchacho. Fui un joven maestro que se enamoró como un recluta de una alumna a la que daba clases particulares. Ella tenía entonces dieciséis años y yo unos pocos más. Nunca le dije nada, claro. La amé en secreto, y cuando se hizo mayor se comprometió con el médico del pueblo. —Ha suspirado—. Aquel día de su mayoría de edad yo estaba decidido a declararle mi amor. Me había comprado hasta una corbata nueva. Había dejado la pensión en la que me hospedaba hecho un pincel. Me encaminé a su casa y cuando abrí la cancela vi que salía el coche del médico. Me asusté. Pensé que había enfermado. Llamé. —Ha hecho una pausa—. Me abrió ella misma con las mejillas arreboladas, así como las tiene su hija ahora. Se abrazó a mí y me dio la noticia como si se la diera a un primo hermano. Se había prometido y se casaría dos meses después. Me marché después de darle la enhorabuena y me fui del pueblo. No la volví a ver hasta hace dos días, en el muelle. Hermosa y elegante con aquel sombrerito que parecía recién llegado de París —ha dicho con aire evocador—. Como ella. Triste por tener que dejar a su hija, pero bella como cuando era una adolescente y se peinaba con las mismas trenzas con las que peina a Magdalena, a la que, por cierto, no quiero que le cuentes nada de esto que te acabo de confesar —me ha pedido—. En realidad, no sé por qué te lo he contado. El mar tiene estas cosas, desata la lengua más de lo debido. No se lo digas, pero cuida de ella todo lo que puedas, te lo pido por lo más sagrado. No puede pasarle nada malo a esa criatura. ¿Me lo juras?

—¿Podemos jurar los hijos de mineros que no han ido jamás a misa? —le he preguntado.

—Podemos jurar tú y yo. Tenemos el permiso de Dios que está allá arriba y todo lo ve. Te lo aseguro.

—Entonces sí. Lo juro.

—Buen chico.

Ha dado media vuelta, pero después de dar un par de pasos ha vuelto a mi encuentro.

—Por cierto —ha dicho—. Creo que también te has hecho amigo de ese chico más pequeño, el que no quería bajar del Deriguerina.

—Ezequiel.

—Sí, Ezequiel. Tiene el odio metido hasta los tuétanos. Nunca había visto a nadie de esa edad con tanta rabia guardada. También habrá que cuidarlo. No queremos que nos dé un disgusto.

—Sí, señor. Haré todo lo que pueda por él.

—Mucha responsabilidad acabo de poner en tus hombros, chaval. En tus hombros y en tu conciencia.

Me ha dado una palmada en la espalda y esta vez se ha ido. Mientras me encamino hacia la bodega no dejo de pensar en las palabras del maestro sobre su vieja historia de amor por la madre de Magdalena, y sobre el odio de Ezequiel.

Cuando he llegado a la bodega, que ha estado iluminada toda la noche, me he ido a mi rincón. Algunos niños ya estaban dormidos. Otros lloraban, unos cuantos jugaban a las cartas. Los demás miraban a ninguna parte. Ezequiel estaba tumbado con la cabeza apoyada en su maleta. Cuando me ha visto se ha dado la vuelta. Me he sentado a su lado.

—Ezequiel —lo he llamado. No ha contestado y ha cambiado su respiración para hacerme creer que está dormido—. Sé que estás despierto.

—Déjame en paz.

—Oye, ¿qué te pasa?, ¿por qué estás enfadado conmigo?

—No estoy enfadado contigo. Eres tú el que no me hace ningún caso. Te has ido a la cubierta con esa chica y me has dejado aquí.

—No tengo ninguna obligación de estar contigo, ¿sabes? No eres mi hermano pequeño. Bastante tenemos aquí todos con soportarnos a nosotros mismos. No nos hace falta cargar con nadie más —le he dicho, sin hacer ningún caso de las palabras del maestro.

En ese momento, he notado que su respiración se convertía en un sollozo. Ezequiel estaba llorando.

—Eh, vamos. Lo siento. No quería decir eso.

—No eres mi amigo.

—Claro que soy tu amigo. No voy a volver a dejarte solo, ¿de acuerdo? —He sonreído.

—¿Lo juras?

—Lo juro.

Esta ha sido la segunda vez en toda mi vida que he jurado algo. En diez minutos he jurado más veces que en dieciséis años. Y ambas por dos personas que acabo de conocer: Magdalena, de la que me he enamorado. Y Ezequiel, que me provoca más miedo que cualquier otro sentimiento.

# MAGDALENA

# 25

Tardamos siete horas para llegar desde Valencia hasta Zaragoza. El autobús paró solo una vez para que pudiéramos hacer nuestras necesidades. Llevaba tantos años sin apenas usar mi idioma natal que algunas expresiones se me escapaban. Desde que terminó la guerra en el 45 apenas había hablado en español y me costaba tanto entender como hablar la lengua que me enseñaron mis padres.

En el trayecto del autobús, allí, sentada entre desconocidos que solo teníamos en común haber nacido en el mismo país, me pregunté varias veces por qué había decidido regresar. Nadie me había obligado a hacerlo y yo tenía una vida en Moscú. Regresaba porque era lo que había soñado día a día desde el momento en el que zarpó el Deriguerina del puerto de Gijón. Todos entonces queríamos volver. Nuestro viaje no era más que un paréntesis que duraría lo que durara la guerra. Pero la guerra se había acabado y el país no se parecía en nada al que habíamos dejado. No quedaba ninguna de las personas a las que había querido, ni mi madre ni mi padre. Dos tías seguían vivas, que eran las dos que me habían mantenido al día de la suerte de mis padres, y cuyas cartas se habían ido espaciando más y más. También las mías: me costaba volver a mi alfabeto y a mi lengua; y, además, sentía que ya no tenía nada en común con ninguna de ellas.

Ni con ellas ni con ninguno de mis compañeros de autobús: había varios que de niños habían sido evacuados como yo, pero tal vez en otros barcos, y con los que no había coincidido en ninguna de las casas y orfanatos en los que viví; había soldados españoles de la División Azul, pilotos e infantes que habían pasado casi veinte años en campos de trabajo y que tenían un aspecto mísero: demacrados, delgados, con las miradas oscuras de quienes han vivido más allá del infierno; algunos políticos españoles y sus familias, que se habían exiliado y que en ese momento volvían porque el gobierno franquista quería mostrar al mundo que era mucho más abierto de lo que en realidad era.

Todas aquellas personas me eran ajenas. Igual que todos aquellos a los que encontraría en mi vuelta al pueblo: mis tías, mis primos, varios sobrinos a los que no conocía y por los que no tenía ningún sentimiento ni bueno ni malo.

¿Por qué volvía, si en realidad nunca se puede volver al mismo lugar?

La mujer que estaba sentada a mi lado intentó varias veces entablar conversación conmigo, primero en español, luego en ruso. Me disculpé diciéndole siempre que necesitaba estar a solas con mis pensamientos. Farfulló algunas palabras, de las que entendí que eso de estar a solas con los pensamientos de una era algo muy burgués. También aquella mujer se había aprendido bien la lección que habíamos respirado en los comités, en los sindicatos, en las fábricas, en los hospitales, en los edificios de viviendas, en las calles, en el metro, en el aire que nos rodeaba. Igual que para el muchacho que se hacía llamar Mauricio San Bartolomé, todo lo individual era sospechoso de ser burgués.

# 26

Llegamos a Zaragoza de madrugada, después de trescientos cincuenta kilómetros en un autobús que parecía salido de una chatarrería. Apenas amanecía, pero no se veía el sol por ningún lado. Veníamos del Levante, así que la salida del sol la íbamos dejando atrás. Nos dijeron que nos alojarían en una residencia bastante moderna que había sido construida como hogar para huérfanos de maestros de toda España. Cuando oí la palabra «huérfanos» se me cayó el mundo encima. Volver a entrar en un orfanato era como regresar a los peores días de la ocupación alemana en Rusia durante la Segunda Guerra Mundial. Intenté controlar de nuevo mi mente para que no me asaltaran las imágenes que guardaba en un rincón de la memoria al que procuraba no entrar nunca.

Valencia nos había recibido con sol, pero Zaragoza estaba sumida en una niebla gris que no era propia de aquella época del año. En realidad, tal vez eran mis ojos los que lo veían todo gris en aquellos momentos. Los policías que nos escoltaron desde el autobús a la residencia también vestían de gris.

Cuando bajamos oí campanas que repicaban en la torre de una iglesia. Todos nos giramos hacia el lugar desde el que venía el sonido. Hacía muchos años que no oíamos la campana de una iglesia.

Más de uno se arrodilló y se puso a rezar allí, en mitad de la calle. Dos de las mujeres más mayores se echaron a llorar. Sentían que era el propio Dios el que las recibía en el primer momento en que pisaban la tierra de sus antepasados.

A mí me gustó escuchar aquel tañido que me recordaba al de la iglesia de mi pueblo, cuando mamá y yo corríamos cada domingo para llegar a misa antes de que el sacerdote comenzara la celebración.

—Es la iglesia del convento de las monjas de Jerusalén —nos dijo uno de los policías vestidos de gris que nos acompañó a la entrada de la residencia.

Empezó a contar la historia del convento y de la orden de san Juan de Jerusalén y el Santo Sepulcro y sus maestres y no sé qué más mientras entrábamos en la residencia.

Era un edificio de dos plantas, de ladrillo marrón y ventanas ni grandes ni pequeñas. Varios árboles adornaban la entrada.

El vestíbulo era enorme incluso para los estándares soviéticos. Habían dispuesto varias mesas con policías en cada una para hacernos una ficha antes de dejarnos marchar a nuestro destino. Éramos muchos en las filas, no en vano se habían fletado dieciocho autobuses para llevarnos a todos desde Valencia hasta allí.

Fue entonces cuando lo vi de nuevo. Quien se hacía llamar Mauricio San Bartolomé estaba sentado a una de las mesas, delante del policía que le iba tomando los datos. Me dio un vuelco el corazón. En ese momento, le estaría diciendo al oficial que su nombre era el que no era. Estuve a punto de pasar por delante de todos los demás, de llegar hasta la mesa y de decirle al policía que aquel hombre era un impostor.

Pero no lo hice.

¿Por qué no lo hice? No lo supe entonces y tampoco lo sé ahora.

# 27

Con nosotros no había viajado ninguna delegación española que comprobara nuestras identidades, de modo que no era difícil hacerse pasar por otra persona si uno tenía los documentos soviéticos adecuados.

Estaba muy nerviosa, por mí y por saber quién era aquel hombre. Pasó a mi lado cuando terminaron de cumplimentar sus documentos. No me miró. Llevaba la mirada fija en el suelo y el paso firme. Tenía prisa por marcharse de allí. Me salí de la fila y perdí mi turno. No importaba mucho, ya que era una de las últimas. Quería saber adónde se dirigía y si había venido alguien a buscarlo. A la mayoría de los repatriados los habían ido a recoger sus familiares al puerto de Valencia, y ahora algunos estaban en Zaragoza. A mí no me había venido a buscar nadie. Y a él tampoco. Él se había subido directamente a uno de los primeros autobuses, sin pararse a hablar con nadie. Yo había visto sus movimientos desde la cubierta del barco.

Pero ¿y ahora?

Dejé mi maleta en la fila y salí a la puerta de la residencia. El policía no me dejó salir.

—Señorita, no puede salir hasta que no le hagan la ficha —me dijo.

—Solo quería ver una cosa —le expliqué con mi fuerte acento ruso y con mis pobres palabras en mi propio idioma.

—Más tarde.

No obstante, me dio tiempo a ver que el hombre se subía a un coche que lo estaba esperando al otro lado de la calle. Un coche gris con matrícula de Zaragoza de la marca SEAT, que era la marca de automóviles que se había fundado en 1950 para intentar modernizar la posguerra española.

Volví a mi sitio en la fila y enseguida el oficial me mandó sentar y empezó a preguntarme mis datos. Me hicieron una fotografía y tomaron mis huellas dactilares. Comprobaron el documento soviético que llevaba conmigo, lo miraron sin entender nada y me lo devolvieron.

—¿Nombre?

—Magdalena Aristegui Barrios.

—Fecha de nacimiento.

—6 de mayo de 1925.

—Lugar.

—Limpias, Santander.

—Estudios.

—Universitarios.

—Profesión.

—Soy médico. Psiquiatra.

El oficial se miró con su ayudante y se sonrieron. En la España de aquel tiempo no era muy normal que una mujer fuera médico. Y menos aún psiquiatra.

—¿Loquera?

—Perdón. —No entendí la palabra.

—Que trata con los locos.

—No exactamente. No todos mis pacientes están locos.

—¿Y piensa ejercer su trabajo en España?

—Eso espero —comenté.

—¿Ha traído sus títulos universitarios rusos?

—Sí.

—No le servirán de mucho aquí —afirmó con mirada seria.

—¿Por qué?

—No será fácil que se los convaliden. Será laborioso. Costará un tiempo.

—Pero… —empecé a decir.

—Todo lleva su tiempo, señorita Aristegui. ¿Tiene familia en España?

—No.

—¿Nadie? —inquirió.

—Tías y primos. Mis padres murieron durante la guerra.

—Ya.

—¿Y sabe adónde va a ir?

—Creo que me quedaré unos días en una pensión en Zaragoza y luego viajaré a mi pueblo —comenté con tono serio.

—¿Tiene casa en su pueblo?

—En realidad, mi casa fue saqueada durante la guerra, y no queda mucho. Pero sí, me alojaré de momento en casa de una de mis tías.

Le mentí. De mi casa no quedaba nada y no tenía ninguna intención de vivir con nadie de mi familia. Me pondría a trabajar en lo que fuera hasta que me convalidaran mi carrera de Medicina y pudiera dedicarme a ella.

—¿Sabe el nombre de la pensión de aquí en la que se quedará?

—No. Todavía no.

—En cuanto se instale debe ir a la comisaría de esta dirección —me extendió un papel— para dar noticia de dónde vive. Es una cuestión de seguridad, señorita, nada más. Queremos saber que está bien y que su regreso es satisfactorio.

—De acuerdo —dije.

—También tiene que acudir a la comisaría para recibir su cédula de identidad con la foto que le va a hacer mi compañero.

Su compañero llevaba una cámara con una lámpara, que me dejó deslumbrada durante varios minutos.

—Ahora ponga sus dedos índice y pulgar en esta esponja.

Era una esponja azul, a la que añadió varias gotas de tinta. Por la esponja habían pasado ya decenas de dedos, incluidos los del hombre que se hacía pasar por Mauricio. Estuve a punto de decirle que había un impostor que acababa de estar con él. Pero me quedé callada.

—Se le irán las manchas con alcohol.

—No tengo alcohol.

—Dale un algodón mojado a la chica —le ordenó a otro de los policías que iban de un lado a otro.

—Gracias.

Me quité la mancha como pude y me acordé de las manchas del carmín de mi madre en mis mejillas.

## 28

El policía me recordó varias veces que no olvidara acudir a comisaría en cuanto tuviera una dirección.

Salí de aquel lugar inhóspito con la sensación de que había entrado en un país en el que todo iba a estar tan controlado como en la Unión Soviética. La diferencia era que entonces los policías iban con traje y corbata, y antes llevaban ropas de obrero para disimular.

Sobre el portón y con grandes letras estaba escrito «Colegio de Huérfanos de Magisterio». Miré más arriba y desde una de las ventanas vi que me observaba un niño pequeño. Era rubito y me recordó a algunos de los chiquillos rusos con los que habíamos convivido en uno de los orfanatos en los que nos reubicaron en algún momento de nuestro periplo de los primeros años. Me dio un escalofrío al recordar aquellos días. Dejé de observar la ventana y me quedé quieta ante la entrada, con mi maleta en la mano derecha y mi bolso de bandolera cruzado por la espalda. No había casi ningún edificio a mi alrededor. Solo un hospital militar y el convento de enfrente. A la izquierda se veían algunas casas bajas. No sabía a dónde acudir. No tenía ninguna dirección, ninguna referencia. Le pregunté a alguien que pasaba por la calle si me podía indicar dónde estaba el centro de la ciudad. Me miró como si no me entendiera. Tal vez no me entendía. Pasó de largo y no me contestó. ¿Por qué iba a hacerlo?

Me giré un momento y vi que detrás de mí había un hombre trajeado como el policía que me había hecho la ficha. Llevaba sombrero y fumaba nerviosamente un cigarrillo, cuyo humo llegaba hasta mi nariz. Nunca me ha gustado el olor del tabaco. No dejó que nuestras miradas se cruzaran y se puso a buscar algo en un bolsillo de la americana. No tuve ninguna duda de que era un agente que habían puesto para que siguiera mis pasos hasta que yo les diera una dirección que les convenciera.

En ese instante volvió a tañer la campana del convento. Aunque durante mis años en Rusia no había frecuentado iglesia alguna, algo me quedaba de la educación religiosa que había tenido en el pueblo de niña, y de la que se vivía en casa con mi madre. Tal vez fue por eso que sentí que la campana me estaba llamando a mí.

Sin volver la vista atrás, crucé la calle y me dirigí al convento. Sabía que aquel hombre me estaba siguiendo. Supuse que le gustaría verme entrar en un espacio religioso. Llamé al timbre y esperé.

Al cabo de un rato se abrió la puerta, que daba a un minúsculo vestíbulo. Allí había una puerta y una ventana ciega, que se abrió dejando ver una celosía, tras la cual vi una sombra, que empezó a hablar.

—Ave María Purísima —me dijo. Y yo no supe qué querían decir aquellas palabras, que parecían una consigna, una contraseña.

—Buenos días —contesté.

—No es eso lo que debes contestar, joven. Tienes que decir: «Sin pecado concebida».

Yo seguía sin comprender nada. La sombra debió de ver mi cara atónita y perpleja entre los huecos de la celosía.

—¿De dónde has salido, chiquilla? ¿Qué deseas de este monasterio?

—Vengo de Rusia —acerté a balbucir.

—¿De Rusia? —repitió y se hizo la señal de la cruz—. Dios nos asista. ¡Una rusa!

Yo sabía que en España nos pintaban como si fuéramos seres diabólicos. Que creían que todos éramos bolcheviques y que comíamos niños crudos y cosas por el estilo. Esto nos lo habían dicho miembros del partido comunista que viajaban en el barco. Yo había pensado que estaban intentando hacernos reír y que nos estaban tomando el pelo. En ese momento veía que no era así.

—No soy rusa. En realidad, soy española. Era una niña cuando me mandaron a la Unión Soviética durante la guerra. Volví ayer en un barco con otros repatriados. No tengo dónde ir. He oído sus campanas y he pensado que tal vez ustedes me podrían ayudar.

La monja se quedó callada unos instantes antes de darse la vuelta.

—Espera ahí. No te muevas. Voy a llamar a la madre superiora.

Esperar. Mi vida había sido una larga sucesión de esperas. Esperar a un barco. A otro. Y a otro más. Esperar a Mauricio…

# 29

Me senté en un taburete que había en el minúsculo y oscuro habitáculo que separaba la clausura de las monjas del resto del mundo. Pensé en cómo existen lugares que son antesalas a mundos desconocidos. Como los salones que llaman de pasos perdidos, que era donde las gentes esperaban a ser recibidas en audiencia por los nobles y por los reyes. Lugares sin otra identidad que la de ser espacios de espera.

Como las salas de los hospitales, donde los enfermos esperan a ser atendidos por un médico. A veces, me preguntaba qué pensaban mis pacientes mientras aguardaban a que yo saliera a llamarlos para que entrasen en mi consulta.

La monja tardaba y estar en aquel lugar oscuro y cerrado me hacía recordar lugares completamente distintos, abiertos, ventilados. Me vino a la mente uno de los momentos más hermosos que había vivido en aquellos años adolescentes, a bordo del Kooperatsiya. En aquel trayecto con la mar en calma me di cuenta de que me había enamorado de aquel muchacho que hacía versos mientras trabajaba en la mina, y que miraba al mar y a las estrellas como si le hablaran. Eso me había dicho cuando nos acercábamos a las costas de Inglaterra y bordeábamos por babor los blancos acantilados de Dover.

—Y me los tenía que guardar en la cabeza porque allí abajo no tenía papel donde escribirlos.

—¿Y se te ocurrían las poesías mientras estabas en la mina? Entonces aún no entendía que del horror puede nacer belleza.

—Mientras picaba la roca para extraer carbón, sí. Con una pequeña linterna que me ponía en la cabeza.

—Como si fuera la tiara de una princesa, pero con una luz en vez de diamantes —sugerí.

—No sé a qué te refieres, pero si es algo que se lleva en la cabeza, sí. Aunque no creo que se parezcan en nada.

—Ya. Desde luego.

—Esta noche he compuesto un poema para ti.

—¿Para mí? —Me ruboricé. Nunca nadie me había escrito versos—. ¿Y lo has escrito?

—Sí, tengo un cuaderno, en el que apunto cosas. Pero también lo tengo aquí dentro. —Se señaló la frente.

—¿Me lo vas a recitar?

—Claro. —Mauricio no era un chico tímido ni se hacía el interesante. Había escrito unos versos para decírmelos.

—Espero impaciente.

Apoyé mi espalda en la barandilla de la cubierta, donde habíamos vuelto a subir después de que nos dieran de desayunar. La mañana estaba luminosa, y la brisa de otoño era suave y amable. O al menos así me lo parecía a mí, que en aquellos momentos habría jurado que el mundo era maravilloso, aunque se estuviera cayendo a pedazos.

—Es un poemita muy corto. Me gustan así. Breves.

—«Lo bueno, si breve, dos veces bueno» —cité—. Eso decía un escritor antiguo, de cuyo nombre no me acuerdo. Pero es una frase que repite muchas veces mi padre. Te escucho.

—Ahí va. Pero no me mires, que me va a dar vergüenza.

—O sea que sí era más tímido de lo que aparentaba.

—¿Y qué quieres que mire?

—Mira al mar, por favor.

Me di la vuelta y me quedé de espaldas a él y a sus palabras, con todo el mar para mí. Fue entonces cuando recitó sus versos:

> *El viento tu rostro mece*
> *mientras se pone a cantar.*
> *Cielo y Tierra se oscurecen,*
> *para regalarte el mar.*

Efectivamente era un poema muy corto y, pese a que los versos no eran magistrales, a mí me gustaron porque me gustaba quien los había escrito y porque lo había hecho pensando en mí. Era la primera vez que alguien me dedicaba un poema y, aunque breve, me pareció hermoso.

Mauricio se acercó por detrás y puso sus manos en mis hombros. Noté su cabeza junto a la mía y el leve roce de sus labios en mi pelo. No me giré. Seguimos callados y en esa posición unos segundos, hasta que una voz nos sacó de nuestro silencio. Era el viejo maestro.

—¡Muchachos!

Me dio un vuelco el corazón. Pensé que nos iba a echar una bronca monumental.

—Me alegra que hayáis hecho amistad durante estos días de viaje. Los barcos tienen un no sé qué que invita al romanticismo, ¿verdad?

No sabía qué decir.

—No temas, Magdalena. No se lo voy a decir a la señorita Arcadia. Pero creo que ahora deberíais bajar cada uno a vuestros puestos para ayudar a los más pequeños. Llegaremos a puerto dentro de una hora y media aproximadamente y todo tiene que estar preparado.

—¿Vamos a cambiar de barco, señor?

—Sí. En Londres tomaremos otro buque soviético, el Feliks *Dzerjinsky* o algo así, que nos llevará directamente a Leningrado. Así iremos todos más cómodos.

Los tres sonreímos. El maestro le dio una palmada a Mauricio en la espalda y a mí me acarició las trenzas. Recuerdo que dijo algo que en ese momento no entendí.

—Ella también tenía unas trenzas como las tuyas.

—¿Quién, profesor? —le pregunté.

—Alguien a quien amé hace muchos años.

Me pareció que sus ojos se humedecían, y ya no volví a pensar en ello. Los versos de Mauricio y su tenue abrazo llenaban mi cabeza en aquel momento. En ese instante deseé que se quedaran siempre a vivir dentro de mí.

Todavía lo pienso.

# 30

En esos pensamientos estaba cuando oí una voz de mujer al otro lado del torno. Me levanté y me acerqué.

—Ave María Purísima —dijo, igual que la otra monja. No había memorizado la contraseña que había que responder. Se dio cuenta y las pronunció ella—: Sin pecado concebida. Me ha dicho la madre Petra que acabas de llegar de Rusia y que eres una de aquellos niños que mandaron allí durante nuestra guerra.

—Sí —contesté.

—¿Y cómo te llamas, hija?

—Magdalena. Magdalena Aristegui Barrios.

—¿Y eres de aquí? —empezó a interrogarme con un tono muy diferente al del policía.

—Soy de Santander. Y no tengo dónde ir. Quiero quedarme unos días en esta ciudad antes de ponerme en contacto con mis parientes de allí. Acabo de salir de ahí enfrente, que es donde nos han hecho la documentación. He oído una campana y he venido a ver si ustedes me pueden ayudar. Soy médico —le dije.

—¿Eres médico?

—Sí.

—Aquí no hay mujeres que sean médicos.

—Estudié en Moscú. He trabajado varios años —le aclaré.

—¿Y cuál es tu especialidad?

—Soy psiquiatra.

—No es lo más útil del mundo. Los problemas del alma los curan la oración y la fe, no los médicos.

—Bueno… —empecé a decir.

—No importa. Podemos ayudarte.

Hizo girar el torno y en mi lado apareció un papel con una dirección escrita.

—Es una pensión de confianza. En ella viven varias jóvenes que han venido a trabajar desde sus pueblos. Buenas chicas. Si la dueña tiene sitio te acogerá. Le he escrito una carta.

Volvió a hacer girar el torno, y apareció un sobre cerrado escrito con una caligrafía primorosa que me recordó a la de mi madre.

—Muchas gracias, señora. No sé cómo agradecérselo. Me sentía tan perdida.

—Seguro que habrá un momento en el que podrás agradecérnoslo. Por el momento, reza y ten fe. Dios te ayudará.

Yo no creía en ningún Dios que me fuera a ayudar, pero no le contradije.

—Gracias, madre —la llamé así, como llamábamos a las monjas en el colegio del pueblo. Es extraño cómo la memoria guarda algunas cosas sin avisar—. Si necesitan un médico mientras esté en la ciudad, pueden buscarme.

—Nunca vamos a necesitar un psiquiatra.

—Pero también puedo atender urgencias de otro tipo, madre.

—Magdalena, las hermanas clarisas y yo te encomendaremos a santa Clara y a san Francisco en nuestras oraciones. Y, ahora, ve con Dios.

Cerró el ventanuco del torno y me volví a quedar sola en aquel espacio lóbrego. Cuando salí, y a pesar de que el sol me deslumbró, me di cuenta de que el hombre de antes estaba apostado junto a un árbol, al otro lado de la calle. Sin duda estaba esperando a que yo saliera del convento. De nuevo evitó encontrarse con mi mirada, sacó un cigarrillo de una pitillera plateada y lo encendió.

La monja había dibujado un mapa, en el que señalaba el lugar donde estaba la pensión. Empecé a caminar hacia allí con la certeza de que el policía me seguía. Mientras lo hacía, me asaltaban los versos de Mauricio como si fueran una coraza dentro de la que me protegía.

*Cielo y Tierra se oscurecen,*
*para regalarte el mar.*

# MAURICIO

# 31

No he dormido en toda la noche. No he dejado de pensar en Magdalena. Le he compuesto unos versos, que he memorizado y que ahora escribo aquí:

*El viento tu rostro mece*
*mientras se pone a cantar.*
*Cielo y Tierra se oscurecen,*
*para regalarte el mar.*

Padre, si lees esto algún día, sé que dirás que no son los mejores versos del mundo. Pero están escritos en la bodega de un barco, debajo de la línea de flotación, que es casi como estar en una mina. En la mina estamos debajo de la superficie de la tierra, y aquí estoy debajo de ese manto azul que se llama mar. Solo que la mina está casi siempre quieta, y el océano se mueve sin parar a pesar de que, según dicen, hoy está calmado.

Sí, todo esto lo escribo para que mi padre sepa de mí, de mis pensamientos y mis zozobras, y para que se dé cuenta de que pienso en él.

Por la mañana he ido a buscar a Magdalena. Habíamos concertado que nos veríamos al amanecer. Estaba de guardia uno de los maestros. Le estaba diciendo que había quedado con mi amiga justo cuando ella ha abierto la puerta por dentro.

—No debe salir nadie de aquí en toda la noche —ha dicho.

—Ya ha salido el sol —le he contestado—. Ya se puede ir a cubierta.

Ha mirado su reloj y ha visto que, por la hora, ya debería ser de día.

—Está bien. Pero tened cuidado.

—Lo tendremos.

Magdalena me ha tomado la mano mientras subíamos las escaleras que llevan al piso de cubierta.

Allí, mientras la luz iba dorando el agua y bordeábamos por babor los acantilados de Dover le he recitado el poema. Le he pedido que no me mirara mientras lo hacía y se ha puesto de espaldas con el rostro hacia el viento y el mar, justo como en el poema. Todo mi cuerpo ha temblado mientras pronunciaba las palabras de los cuatro versos. Menos mal que no se ha dado cuenta. Me habría muerto de vergüenza. Luego me he acercado, he puesto mis manos en sus hombros y le he besado el pelo. Ha sido un beso leve y rápido, que ha durado un segundo infinito.

Porque hay segundos que pueden ser eternos. Hay instantes en los que el tiempo no existe. Se puede dividir en infinitos momentos y, por tanto, es como si no avanzara nunca. Eso nos contaba el maestro en el colegio, cuando hablaba de uno de aquellos filósofos griegos que decían cosas tan raras. En la escuela no lo entendí. He tenido que estar en la cubierta de un barco y junto a una chica de la que me he enamorado para poder entenderlo.

Justo cuando estaba entendiendo uno de los grandes misterios de la vida ha llegado el viejo profesor. Nos ha dicho que fuéramos abajo a ayudar a los más pequeños porque llegaríamos al puerto de Londres dentro de una hora o poco más.

Ha acariciado las trenzas de Magdalena y me ha parecido que ha estado a punto de contarle que un día amó a su madre. Pero no lo ha hecho. Supongo que hay cosas que no se deben contar. De hecho, me ha mirado como si se arrepintiera de habérmelo contado a mí. O al menos eso he creído entender.

Nos hemos vuelto a separar en el piso de abajo y yo he vuelto a mi rincón. Ezequiel está dormido. Creo que es la primera vez que lo he visto dormir. Tiene la respiración suave y acompasada, y en su rostro se dibuja una sonrisa. Sus ojos cerrados parecen guardar un sueño apacible y amable. A nuestro alrededor, los demás chicos ya han empezado a levantarse, siguiendo las instrucciones de otro de los maestros que ha venido hace unos minutos.

Ezequiel ha seguido soñando un rato más y yo no he querido despertarlo.

# 32

He vigilado su sueño y procurado que nadie lo despertara hasta que he visto que ya todo el mundo estaba en marcha. El motor ha empezado a emitir unos ruidos diferentes y el barco ha comenzado a hacer maniobras. Estamos entrando al puerto.

Solo ahora me he atrevido a despertar a Ezequiel.

—Vamos, Ezequiel, despierta, que estamos llegando.

Se ha desperezado. Ha estirado tanto los brazos que ha llegado a mi cara. Ha abierto los ojos. Ha mirado a su alrededor, con una expresión extrañada, como si no supiera dónde está.

—Hay que levantarse ya, chico —le he dicho.

Se ha rascado la oreja derecha con la mano izquierda, que es un gesto que suele hacer a menudo. Me ha mirado y entonces ha entendido dónde estaba.

—Estamos en el barco ruso, ¿verdad? —ha preguntado.

—Sí. Dentro de un rato cambiaremos a otro.

—¿Por qué cambiamos tanto de barco?

—No lo sé. Creo que es para que vayamos más cómodos. Aquí vamos muy apretados.

—¿Llevas mucho tiempo despierto?

—No —le miento.

—He soñado con mi padre. En el sueño estaba vivo.

—Sonreías mientras dormías. Ha debido de ser un sueño bonito.

—Es raro soñar con los muertos, ¿verdad? —ha comentado.

—Sí.

—En mi sueño también estaba su asesino. Bebían juntos del mismo porrón, como hacían siempre. Como hacían cuando mi padre estaba vivo y él no lo había matado.

—Debes dejar de pensar con tanto rencor, Ezequiel.

—Eso lo dices porque nadie ha matado a tu padre.

Me quedo callado. No sé si mi padre está vivo o muerto. Padre, dime que estás vivo y que vas a leer todo esto que te escribo.

—Solo sé que el rencor se vuelve contra uno mismo. Mientras soñabas parecías feliz. Por eso no te he despertado.

—¿Me has estado mirando mientras dormía?

—Sí.

—Eso no se hace —ha dicho con tono serio.

—No he hecho nada malo.

—Mi abuela dice que mirar a alguien mientras duerme es querer entrar en sus sueños para arrebatárselos.

—Te aseguro que no era esa mi intención. Y ahora, vamos, levántate. El barco ya se ha quedado quieto. Creo que ya hemos llegado.

Ezequiel se ha levantado, ha cogido sus cosas y ha echado a andar hacia la salida sin mirarme. En ese momento me he acordado de la petición del profesor: tenía que cuidar de Ezequiel para evitar que su odio nos diera un disgusto.

Pero también tenía que evitar que el odio de Ezequiel nos salpicara a Magdalena y a mí.

Porque el odio es una especie de nube gris de la que salen sapos que llegan a todos los rincones para pudrirlos.

# 33

No he visto a Magdalena en la cubierta. Tampoco he visto Londres por ningún lado. El barco ha atracado en un puerto del río Támesis que está en un pueblo que se llama Gravesend, pero las torres por las que Londres es famosa no las hemos visto ni de lejos. Lo que sí me ha extrañado es que a nuestro lado hay un buque igual que el nuestro. Parecen dos hermanos gemelos. No he tardado en enterarme de que realmente lo son: el Feliks Dzierżyński y el Kooperatsiya fueron ambos construidos en Leningrado. Pesan 3.767 toneladas, tienen 332 pies de eslora, 48 de ancho y motores diésel de seis cilindros.

—Vamos a dividirnos, muchacho —me ha dicho el profesor mientras estábamos en la cubierta—. La mitad se queda en este barco. La otra mitad se pasará a ese que hay enfrente.

—Pero … —he empezado a decir.

—Este barco no tiene capacidad para todos los pasajeros que vamos. Por eso hemos tenido que viajar amontonados. Las autoridades soviéticas quieren que viajemos cómodamente. Por eso nos han procurado este otro navío. Navegaremos prácticamente juntos y llegaremos a la vez a Leningrado. Así me lo ha confirmado nuestro capitán.

Cuando escucho sus palabras me asalta un miedo atroz: ¿y si me separan de Magdalena? El viejo maestro me ha leído el pensamiento.

—Tranquilo, muchacho. Ya he dispuesto que en la lista de niños que se transfieren al Feliks Dzierżyński estéis Magdalena y tú.

—Muchas gracias, señor.

—Sé que sientes algo muy especial por esa chica, y me parece que a ella le pasa lo mismo contigo. No seré yo quien os separe. Ahora está consolando a dos niñas que estaban llorando. Para los más pequeños, lejos de ser una aventura, esto deben de vivirlo como la pesadilla que es. —Hace una pausa—. Yo pensaba que lo tomarían como un juego. Pero no. Los niños son niños, pero no son tontos. Entienden que el mar no son los brazos de una madre, saben que van a estar lejos de sus familias durante años, tal vez durante el resto de su vida. No. No estamos jugando al escondite. Estamos dentro de una pesadilla.

Me ha hablado como si yo fuera ya una persona mayor a la que podía vomitar sus confidencias y sus temores. Creo que no se da cuenta de que yo también soy casi un niño. Que solo tengo unos pocos años más que los pequeños que están asustados. Yo también lo estoy, aunque intento aparentar todo lo contrario.

—Ezequiel también irá con vosotros.

Por un momento, mientras me contaba el profesor que nos iban a dividir, he deseado que Ezequiel permaneciera en este barco para perderlo de vista al menos los días que nos quedan hasta llegar a Rusia. Pero no. Ezequiel y su odio viajarán con nosotros.

—No lo pierdas de vista. No me fío de él —me ha dicho y yo me he preguntado y me pregunto por qué me ha tocado a mí ser el guardián de ese crío.

Si la primera noche me hubiera colocado en otra fila no lo habría conocido, no me habría contado su historia y yo no sabría quién era Ezequiel ni me salpicaría su odio. Pero parece que ahora ya no puedo hacer nada por evitarlo.

—Eres un chico serio y sensible —ha continuado hablándome el maestro—. Me alegra coincidir contigo en este extraño episodio de nuestras vidas. Yo me quedo en el Kooperatsiya. Pero nos veremos en Leningrado.

Me ha estrechado la mano y me ha abrazado.

—Tuve un hijo que se habría parecido a ti. Murió de tuberculosis hace tres años. Igual que su madre.

—Lo siento mucho —he dicho, aunque sé que ante confidencias de esta magnitud las palabras no sirven para casi nada.

—La vida es así, muchacho.

Enseguida uno de los tripulantes del Feliks Dzierżyński ha empezado a decir nombres en voz alta. Ha comenzado con las chicas. Al cabo de un rato ha nombrado a Magdalena Aristegui Barrios, que ha salido de entre la multitud. Cuando estaba a punto de bajar por la escalerilla se ha girado. Sé que me estaba buscando. He gritado su nombre y he levantado mi brazo izquierdo. Me ha mirado con angustia porque ella no sabe que yo también voy a ir en el mismo barco. Yo le he sonreído y he asentido con la cabeza para que ella entendiera que todo estaba bien. El oficial le ha pedido que bajara rápidamente y ella lo ha hecho sin volver a mirar atrás.

# 34

Por fin nos hemos podido sentar en un sillón. Es una poltrona cómoda, cuyo respaldo se puede bajar hasta convertirse casi en una cama. No había visto nunca nada parecido y no imaginaba que pudiera existir algo así. El Feliks Dzierżyński es igual que el Kooperatsiya, pero está más limpio y mejor equipado.

Y, sobre todo, no huele mal: cientos de niños sin lavarnos poco más que la cara durante cinco días, apiñados en bodegas y en varias salas, han hecho que el Kooperatsiya huela a miseria y a corral.

En este barco son muy estrictos con dónde nos debemos colocar los pasajeros. Hay que seguir un orden según las listas que han hecho. Me ha tocado una esquina y a mi lado hay un niño vasco de siete años. Le he limpiado como he podido la cara llena de mocos. Tiene los ojos rojos de haberse pasado toda la travesía llorando. Me ha mirado y aceptado que lo limpiara sin decir nada. No es sordomudo, eso seguro, porque a los sordomudos y a otros niños enfermos los dejaron en Saint-Nazaire para devolverlos a España. De esto me he enterado hace un rato porque me lo ha dicho el chico que se sienta en la butaca de detrás de la mía y que es muy locuaz.

—Fue cosa del capitán del Kooperatsiya. Yo lo oí.

—¿Entiendes ruso? —le he preguntado.

—Mi padre es miembro del comité del partido. Ha estado muchas veces en Rusia y me ha ido trayendo libros para que yo aprendiera esa lengua. Entiendo bastante y sé decir bastantes cosas.

—Esa es una gran ventaja —le he dicho—. Pero ¿por qué dejaron en tierra a un grupo de niños?

Yo no me había enterado. Cuando pasamos del Deriguerina al Kooperatsiya, yo estaba muy pendiente de Magdalena y no me fijé en nada más. Tampoco había mencionado nada el maestro. Probablemente por vergüenza.

—Eso no lo entendí bien. Creo que no quieren gente con problemas añadidos.

—Es muy injusto —le he replicado.

—Es una barbaridad. Si los devuelven a España, quién sabe qué va a ser de ellos.

—¿Y han sido muchos?

— Creo que unos cuarenta.

—¡Por Dios! —he dicho.

—Criaturas cuyos padres creen que están a salvo. Quién sabe dónde estarán ahora.

—¿Y por qué no nos hemos enterado hasta ahora? ¿Nadie los ha echado de menos?

—Cuando hicimos el cambio de barco, a ellos los colocaron en una zona del muelle y luego ya no los dejaron subir al barco ruso. —Se encoge de hombros.

—¿Y lo sabe el viejo maestro?

—Sí.

No podía creerlo.

—Intentó convencer al capitán. Llamó por teléfono desde el puerto a no sé qué autoridades francesas, españolas y rusas. Pero no consiguió nada.

Me sentía fatal por no haberlo sabido antes y por no haber podido ni siquiera intentar que aquellos niños no se quedaran desamparados.

—¿No te preguntaste —ha continuado Emilio, que es como se llama— por qué estuvimos tanto tiempo en el barco antes de zarpar?

—No. No me lo había preguntado. Supongo que pensé que era normal.

—No lo era. Teníamos que haber zarpado con la marea de la mañana, y lo hicimos con la marea de la tarde. Fue por eso, porque el profesor intentó por todos los medios que el capitán dejara subir a los treinta y ocho. No lo consiguió.

—Y lo peor de todo es que no los echamos de menos. —Me ha temblado la voz al decirlo.

—Y a mí me pidieron que no lo contara.

—¿Quién te lo pidió?

—El profesor. No podía permitir que nos amotináramos o algo así. Teníamos que salir del puerto hacia aquí cuanto antes. Y tampoco quería sembrar inquietud entre nosotros. Es un buen hombre.

Es un buen hombre. Tiene razón. Solo que los buenos hombres a veces toman decisiones equivocadas. Si lo hubiéramos sabido, tal vez entre todos habríamos forzado al capitán a admitirlos. Se lo he dicho.

—Seguramente eso es lo que trató de evitar. Al fin y al cabo, las autoridades rusas nos están haciendo un favor. No nos podemos poner a malas con ellas. Ellos mandan y tenemos que aceptar lo que ordenen.

Me he preguntado qué habría hecho yo en el lugar del profesor. No sabemos qué conversación tuvo con el capitán.

A lo mejor este lo amenazó con dejarnos a todos en Saint-Nazaire si insistía en desobedecer sus normas. Al fin y al cabo, el capitán es la máxima autoridad de un barco y el profesor solo es uno más de los pasajeros.

Aunque tenga más autoridad moral que todos los capitanes de barco juntos.

O tal vez no.

# 35

No he visto a Magdalena hasta la hora de comer. Nos han reunido a los mayores en el comedor de la tripulación. Hemos comido por turnos. Primero las chicas y luego los chicos. He podido hablar con Magdalena unos minutos antes de entrar.

—Te he echado de menos —ha dicho.

—Y yo a ti.

—¿Nos veremos en la cubierta después de comer? Me gustaría ver cómo sale el barco por el Támesis.

—A mí también. Yo creía que íbamos a ver algo de Londres, pero está demasiado lejos. No se ve nada —comento.

—A lo mejor si subimos a la cubierta superior, conseguimos ver algo.

—Tendremos que hacerlo a escondidas —le advierto.

—Nadie se enterará —me dice y su sonrisa me parece el mejor de los caminos para llegar a donde ella quiera.

—El profesor se ha quedado en el otro barco.

—Lo sé. Lo veremos cuando lleguemos.

—Me gustaría que este viaje durara mucho tiempo —le susurro.

—¿Y eso por qué?

—Porque no sabemos qué será de nosotros cuando lleguemos. Tengo miedo de que nos separen. Yo querría que estuviéramos juntos.

—Lo estaremos, Mauricio. Seguro que el profesor procura que así sea.

En ese momento estoy a punto de decirle que el profesor nos ha ocultado lo que ha ocurrido con los sordomudos en el puerto francés. Pero me callo. En la situación en la que estamos, todo lo que sea perder confianza en los demás puede minar nuestra moral. Y yo no quiero que la de Magdalena se resienta. Me importa demasiado.

—¿Y Ezequiel?

—Comerá en otro turno —le contesto. El mero hecho de decir su nombre me provoca un escalofrío.

—¿Seguro que ha subido al barco? —me pregunta Magdalena con cara de preocupación.

—Sí, claro. Lo acabo de ver en nuestra sala.

—A veces pienso que es muy capaz de escaparse y de no venir con nosotros.

—Ojalá —le digo.

—¡Qué dices!

—Lo que pienso, Magdalena. Que ojalá no lo tuviéramos cerca. Si se quedara en este puerto no lo echaríamos de menos. Nadie lo echaría de menos hasta después de zarpar, cuando ya no se pudiese regresar.

—Nadie lo echaría de menos —dice ella—. Quizá a nosotros tampoco nadie nos echaría de menos. ¿Lo has pensado alguna vez?

—Yo te echaría de menos a ti. Y espero que tú también me echarías de menos a mí, ¿no?

—Claro —dice sin mirarme—. Ahora tengo que bajar a la sala. Creo que vamos a recibir algunas instrucciones para la travesía. En cuanto pueda zafarme subiré a la cubierta y a ver si tenemos suerte y desde arriba podemos ver el Big Ben o la Torre de Londres.

Me aprieta una mano con la suya y baja rápidamente las escaleras antes de que yo pueda devolverle lo que me ha parecido una caricia fugaz. Entro en el comedor, donde ya han empezado a servir la comida. Tengo que acercarme a uno de los tripulantes para decirle que me he retrasado y que quiero comer. Me hace un gesto que no me gusta y que entiendo que tiene que ver con que he estado hablando con una chica. Me da una bandeja con patatas cocidas y un trozo de pescado seco. Dice algo que no entiendo y emite una carcajada, que me parece grotesca.

Tengo que ir acostumbrándome a no entender lo que me digan.

# 36

Tanto Magdalena como yo hemos conseguido zafarnos del resto de compañeros y de maestros para subir a cubierta durante las maniobras de salida del puerto. Hemos ido saltándonos la prohibición porque a esa parte solo puede acceder la tripulación. Hemos pasado por debajo de la cadena que corta el paso y nos hemos colocado en la parte más cercana a la popa.

El barco está en el centro del Támesis y los meandros hacen que Londres quede lejos de nuestra vista. Adivinamos la cúpula de San Pablo, la Torre de Londres, donde se ejecutó a reinas supuestamente adúlteras y a hombres sabios, el Big Ben, cuyo marcar las horas, las medias y los cuartos no hemos podido escuchar.

Magdalena mira su reloj.

—Son las seis menos cuarto. Ahora tendría que tocar —dice—. Si estamos muy callados y nos concentramos mucho, seguro que lo podemos oír. Cierra los ojos. Así todo se escucha mejor.

Me coge de la mano y veo sus ojos cerrados y su boca entreabierta. No escucho el sonido del reloj, solo el de los latidos de mi corazón, que parece que se va a salir de donde está. No soy capaz de cerrar los ojos ante el rostro de Magdalena.

Quiero besar sus labios, sus párpados, su frente. Tengo frío. Ha caído la niebla mientras Magdalena intenta escuchar.

—¿Lo has oído? —me pregunta cuando por fin ha abierto los ojos y yo no la he besado—. Yo sí.

—No puede ser.

—Claro que puede ser. Si uno se concentra mucho, puede escuchar cómo el viento trae melodías y voces lejanas. A veces me parece que puedo escuchar incluso las voces de mi padre y de mi madre.

—Eso es imposible.

—El mundo está lleno de cosas que parecían imposibles y que se han convertido en realidad —comenta, y tiene razón.

Nadie imaginaba hace un año que íbamos a estar en guerra, y mucho menos que íbamos a navegar en un barco sobre el Támesis camino de Rusia. Es increíble cómo nuestras vidas pueden dar un cambio de ciento ochenta grados en un solo instante.

—Si no fuera por todo eso, la guerra, el barco, tampoco nos habríamos conocido. ¡Qué extraño es todo, ¿verdad?! Pasan cosas terribles que traen cosas buenas. ¿Nunca lo habías pensado?

No. No lo había pensado, pero Magdalena tiene razón. Es inquietante pensar que de algo negativo pueda salir algo bueno. Y nuestra amistad, o lo que quiera que sea en lo que se convierta nuestra relación, es una prueba de ello.

—Tal vez yo también haya oído la melodía de ese viejo reloj. Tal vez la haya traído la niebla hasta nosotros —le digo.

—La niebla nos regala el sonido de una ciudad que vemos, el de las olas que forma el buque en el río, tal vez incluso el de las ondas del mar al que nos acercamos. Todo confluye para que ocurran cosas buenas, como en tu poema.

—«… para regalarte el mar» —repito el último verso del poema que le escribí ayer.

—Ojalá me pudieras regalar todos los mares, todas las ciudades e incluso el paso del tiempo que anuncian, crueles, los relojes.

La he abrazado cuando ha dicho eso y he deseado que el tiempo dejara de pasar, de ser cruel, y se parase en ese instante. Pero el tiempo no me ha hecho caso y la voz de uno de los tripulantes nos ha sacado de nuestro minúsculo instante de eternidad. Nos ha hecho señal de bajar rápidamente de donde estábamos y nos ha empujado por las escalerillas para que volviéramos al interior del barco inmediatamente. No nos ha delatado al capitán, pero le ha faltado poco. Es un chico joven, y creo que ha pensado que Magdalena y yo habíamos buscado un lugar para hablar de nuestro amor.

No ha sido exactamente así, pero casi.

# MAGDALENA

# 37

Me encaminé hacia la pensión que me habían recomendado las monjas clarisas. Pregunté varias veces por la dirección. Todas las personas a las que me dirigí me miraban como si vieran a un ser salido directamente de las cuevas del infierno. Algo había en mi aspecto que llamaba la atención y de lo que, en aquel momento, no era consciente. Mi maleta de cartón marrón bien atada con dos correas rojas. Mi gorro de lana, que tal vez en aquel mes de septiembre todavía no era necesario, pero que disimulaba la falta de higiene de mis cabellos después de tantos días de travesía sin haberme podido dar una ducha en condiciones. Mi ropa de tonos neutros contrastaba con los vestidos de colores que llevaban las mujeres jóvenes con las que me topaba. Las excepciones eran las mujeres enlutadas de pies a cabeza que pasaban por las aceras con la vista puesta en el suelo. Zapatillas negras, faldas y chaquetas negras, pañuelos negros cubriendo la cabeza: esa era la manera que tenían de mostrar el dolor por la muerte de los seres queridos. Un año o más de velo negro anudado al cuello bajo la barbilla.

Mis pies iban enfundados en sendas botas de piel, que me daban calor. Había decidido llevarlas puestas porque ocupaban demasiado sitio en la maleta. Eso debía de llamar bastante la atención, sobre todo porque muchas de las personas con las que me encontraban calzaban zapatillas de tela o zapatos que se veía a la legua que eran de plástico.

Pero supongo que lo que más llamaba la atención era mi abrigo marrón de piel de zorro, que también llevaba puesto por la misma razón que las botas: el espacio en la maleta. Y llamaba la atención, primero, porque era septiembre y aún hacía calor. Segundo, porque pocas mujeres en la España de aquel tiempo podían permitirse un abrigo de pieles. Para nosotras en la Unión Soviética era lo normal, y la única manera de evitar el intenso frío de los inviernos rusos.

Y, además, estaba mi manera de hablar. Después de tantos años sin hablar español, lo hacía con un acento y una melodía que, a oídos de quienes llevaban lustros de cerrazón cultural y de autarquía, debían de parecer, cuanto menos, sospechosas.

Cuando llegué al portal donde estaba la pensión, estaba sudando como no recordaba. El hombre que seguía mis pasos continuaba allí. Durante mi camino me había girado varias veces y siempre lo había visto a menos de cincuenta metros de mí. Él era consciente de que yo sabía que me vigilaba, pero no parecía importarle, ya que tampoco se molestaba mucho en disimular.

Abrí la puerta y empecé a subir las escaleras. La pensión estaba en el principal, así que no tenía que subir más que tres tramos. Entre el calor que tenía, el paseo, la falta de sueño, la maleta y las vueltas que le daba a la cabeza estaba cansada. Cuando llegué al descansillo y vi el letrero de la Pensión Margarita, que era el nombre de la dueña, según supe después, estuve a punto de desmayarme. Aún ahora no sé de dónde saqué fuerzas aquel día para continuar.

Me abrió una chica joven, que vestía un delantal gris y que se estaba secando las manos con un trapo que había conocido tiempos mejores.

—¿Qué desea? —me preguntó desde el otro lado de la puerta solo entreabierta.

—Me han dado esta dirección las monjas clarisas. Busco alojamiento.

Me miró de arriba abajo.

—Voy a buscar a la dueña. Espere un momento —dijo y cerró la puerta.

# 38

Esperé un par de minutos hasta que se volvió a abrir la puerta, esa vez completamente.

—Buenos días, joven. ¿La mandan las monjas?

—Sí, señora. Me llamo Magdalena Aristegui Barrios. ¿Cómo está? —A mí me habían enseñado que hay que ser educada y presentarse a los desconocidos.

—Bien, gracias. Espero que usted también. Está sudando. ¿Por qué lleva un abrigo de pieles y un gorro de lana en pleno septiembre?

—Vengo de Rusia. —En ese momento fue lo único que me salió.

—¿De Rusia? —repitió en voz muy baja. Fue en ese momento cuando por fin me invitó a pasar.

El vestíbulo mostraba que también la casa y su dueña habían vivido tiempos mejores. Muebles antiguos se daban la mano con cajas y cajones que ofrecían una impresión de provisionalidad. Sonreí porque, de algún modo, me recordó a la última casa en la que había vivido en Moscú: un antiguo palacio dividido en decenas de minúsculos apartamentos con derecho a cocina y a baño. El mío no era más que una habitación en una mansarda, en la que solo había una cama, una mesa, una silla y una ventana, que daba a un jardín interior. En él crecían tres árboles, que perdían las hojas en invierno, pero que en otoño se teñían de un rojo que me gustaba contemplar.

—Pase, pase. Ha dicho que se llama Magdalena, ¿verdad? Yo soy Margarita. Margarita Arrudi, viuda de Lozano.

—Encantada de conocerla, señora Arrudi —le dije.

—Llámeme Margarita, si decide quedarse en la casa. Así es como me gusta que me llamen. Así que viene usted de Rusia.

Le conté que pertenecía a aquellos grupos de niños que habían sido evacuados de España en el 37.

—Qué suerte tuvo usted, joven. Muchos de los que se quedaron murieron. A mi sobrina, que ahora tendría más o menos su edad, la mató una bala perdida junto a la catedral. A mi marido lo fusilaron al poco de empezar la guerra.

Sus palabras me recordaron lo que le había pasado a mi padre. Lo fusilaron y tiraron su cuerpo al canal. Ni siquiera quisieron darle la posibilidad de una sepultura digna. Su marido era militar y no apoyó la sublevación.

—Lo siento mucho —le dije.

—Han pasado más de veinte años de aquello. He aprendido a perdonar porque con odio y rencor no se puede vivir sin que se te impregne la sangre de ambas cosas. En fin. Dejémoslo. Le voy a enseñar la habitación que tengo libre, y si le conviene, es para usted.

Me acompañó por el largo pasillo, en el que había al menos ocho puertas cerradas, además del baño y la cocina. Al fondo se abría un gran salón, que hacía las veces también de comedor y de sala de estar. Al lado había otra puerta.

—Este es el cuarto de la criada. Afortunadamente, me puedo permitir tener una chica interna, que es la que le ha abierto la puerta. De lo contrario, yo no podría con todo.

Tengo siete huéspedas, siete mujeres cuyas edades van desde los veinte a los sesenta años. Dos son telefonistas, tres son secretarias, y dos son viudas como yo, tienen una pensión muy pequeña, insuficiente para poder mantener sus casas, así que están aquí —enumeró—. Son muy beatas, van a misa dos veces al día, por la mañana y por la tarde. Yo solo las acompaño los domingos por la mañana. No porque sea creyente. Dejé de serlo cuando acabó la guerra y vi que Dios no había hecho caso de mis plegarias. —Miró al techo—. Pero no quiero que me señalen con el dedo por la calle: cuando los vencedores han fusilado a tu marido, debes tener cuidado. Me entiende, ¿verdad?

La verdad es que no entendía todo lo que me decía, pero asentí con un movimiento de cabeza.

Junto a la habitación de la criada, que luego supe que se llama Teresa, se abría un pequeño pasillo, en el que había dos cuartos más.

—Este es el cuarto de la plancha, y esta habitación —dijo mientras abría una puerta— es la que se ha quedado libre hace un par de días. La chica que vivía aquí se ha vuelto a su pueblo para casarse con un gañán. No ha oído mis consejos. Qué le voy a hacer.

Era un dormitorio ni grande ni pequeño, ni bonito ni feo. Encima del cabecero de barras de bronce había un cuadro con una virgen niña, que sonreía a todo el que la miraba. Me recordó al que yo tenía en mi habitación cuando era pequeña. Se lo dije a la mujer.

—Eran típicos en aquellos tiempos —me contestó.

Y lo hizo después de dar un suspiro de esos que parece que se van a quedar para siempre en el aire.

# 39

Doña Margarita, me salía llamarla así, con el doña delante de su nombre, me preguntó si había hecho el viaje por mar. Le contesté que sí. Entonces me confesó que ella nunca había viajado en barco. De hecho, jamás había ido más lejos que a Madrid en su luna de miel en el año 32. Luego no había salido de Zaragoza, ni durante la guerra ni en todos los años que llevaba de viudedad. Le conté que en aquel viaje en el que nos evacuaron estuvimos en tres barcos diferentes. Que fuimos de Gijón a Francia. Luego de Francia a Inglaterra. Y después de Inglaterra a Rusia. Hicimos un zigzag tal que cuando llegamos a Leningrado estábamos todos agotados. Al menos yo.

Y, sobre todo, después de que casi naufragáramos por una tormenta terrible, que nos amenazó mientras bordeábamos Finlandia, no lejos ya de nuestro destino.

El buque se movía tanto que no parábamos de vomitar. Teníamos que agarrar a los niños más pequeños para que no se cayeran y se golpearan con muebles y paredes.

Ya habíamos bordeado Alemania y Dinamarca cuando empezó la tormenta. La temperatura había bajado conforme nos adentrábamos en los mares del norte y la latitud subía de grados. Las noches eran cada vez más largas y apenas vimos el sol desde que salimos del Támesis. En realidad, no lo habíamos visto desde que dejamos España hasta que llegamos al norte de Dinamarca.

Lo que más me gustó de aquel viaje fue ver desde el mar la punta de Dinamarca, ese trozo de tierra en el que se juntan dos mares. Me imaginaba paseando por la arena y cambiando de una orilla a otra. Mis pies desnudos, cada uno recibiendo agua de un mar diferente. Me gustaba fantasear sobre ese lugar en el que uno podía estar a la vez en dos mares distintos. Era mágico pensarlo. Mauricio estaba a mi lado en la borda y ambos contemplábamos aquellas costas que iluminaba el único sol que nos acompañó durante la travesía.

—Hay una luz muy especial aquí —dijo Mauricio, que siempre se fijaba en cosas como esa, que para la mayoría de los mortales pasaban completamente desapercibidas—. Si fuera pintor, me gustaría pintar esa luz. Es cálida y cae al mar como si fuera una lluvia de oro.

Lo miré embobada como hacía siempre que pronunciaba palabras que relacionaban la realidad con imágenes que salían de su imaginación, o de sus lecturas. También de las mías. Lo de la lluvia de oro venía de la mitología griega. Eso lo sabía yo. Reconocer en sus palabras imágenes que a mí nunca se me habrían ocurrido me provocaba un sentimiento de admiración mezclado con una ternura infinita. ¿Era amor aquello?, me preguntaba. Sí. Lo era. No tengo ninguna duda de que era amor.

—Me gustaría caminar contigo por aquellas playas en las que se juntan dos mares —le dije.

—Ojalá lo podamos hacer algún día —me contestó.

Miró a su alrededor para ver que nadie vigilaba nuestros movimientos, me pasó el brazo por el hombro, acercó su cara a la mía y me besó la mejilla. Su beso se quedó en mi piel unos segundos. Recuerdo que cerré los ojos para sentir su caricia y guardarla en ese rincón de la memoria donde se guardan los momentos hermosos para sacarlos cuando se necesitan. ¡Cuántas veces he acudido a ese cofre en el que guardo tantos tesoros!

# 40

Pasé dos días en la pensión de doña Margarita antes de salir para dirigirme a la comisaría y dar mi dirección. Seguía sin saber qué hacer con mi vida. Era verdad que mi tía y sus hijos aún vivían en Santander, pero no estaba segura de que yo quisiera volver allí. Desde luego no para vivir con ella y su familia. Se habían portado bien conmigo, y con mis padres mientras vivieron, pero yo me había acostumbrado a una independencia que no quería perder.

Sabía que ser mujer en aquella España de los años cincuenta no era lo mismo que serlo en la Unión Soviética. Por ser mujer me sería difícil encontrar trabajo como médico, eso ya me lo habían advertido en Moscú, tanto mis compañeros como los miembros del partido comunista en el exilio con los que me había puesto en contacto para regresar en cuanto hubo oportunidad, dos años después de la muerte de Stalin. También sabía que salía de una dictadura para entrar en otra. Entonces ¿por qué había regresado? ¿Para qué?

Ni yo sabía contestar a mis propias preguntas. Qué podía responderles a los policías que me preguntaron en comisaría en cuanto me hicieron sentar en una silla con la tapicería rota y una pata más corta que las demás.

—Supongo que siempre quise regresar —le contesté al inspector que dirigía lo que me pareció un interrogatorio en todo orden.

—¿Tuvo relación con Mauricio San Bartolomé Argandoña?

La pregunta hizo que se me helara la sangre, por inesperada y porque escuchar el nombre de Mauricio en aquel lugar y de aquellos labios que sujetaban un cigarrillo humeante me provocó una inquietud y un desasosiego que todos en la sala notaron. Incluido el hombre que me había seguido en los días anteriores, y que estaba de pie, junto a la puerta, con su gabardina y su sombrero puestos, como si estuviera listo para seguir cumpliendo la orden de ir detrás de mis pasos en cuando me dejaran salir.

—¿Perdón? —dije. Y lo hice para intentar ganar tiempo de pensar una respuesta adecuada. Ni verdadera, ni falsa, solo adecuada.

—Mauricio San Bartolomé Argandoña —repitió el inspector, a la vez que sacaba humo de su boca. Cuando calló, el humo empezó a formar círculos, que volaban por la habitación hasta que se desvanecían en el aire. Me estaba mareando.

—Conocí a alguien con ese nombre, sí. Viajamos juntos desde Gijón hasta Leningrado —reconocí. Pero no estaba dispuesta a contarle nada más.

El policía me miraba como si no me creyera, como si supiera algo más acerca de lo que habíamos vivido Mauricio y yo. No obstante, y si así fue, no lo mencionó.

—¿Reconoce a este hombre como Mauricio San Bartolomé Argandoña?

Me alargó una fotografía, en la que aparecía el hombre que había atendido a ese nombre para bajar del Crimea cuando arribamos a Valencia. El mismo que había subido en un coche oscuro a la salida del Colegio de Huérfanos donde nos habían hecho la ficha. El hombre que tenía impreso el odio en la mirada y que me recordaba a Ezequiel.

—No. No lo reconozco.

—¿Afirmaría que este hombre no es Mauricio San Bartolomé Argandoña?

Me pasé la lengua por los labios. La boca se me estaba quedando seca.

—Han pasado muchos años. No sé cuánto ha podido cambiarle el tiempo. —Estaba mintiendo. Yo sabía muchas cosas que intentaba no decirme a mí misma. Menos aún quería hablar de ellas ante aquellos hombres. Tampoco quería decirles abiertamente que aquel hombre no era Mauricio—. Solo puedo decirle que así, en esta foto, no lo reconozco, no me parece él.

—¿No volvió a verlo cuando llegaron a Leningrado?

—Ha pasado mucho tiempo —repetí y dije algunas mentiras—: Creo que nos llevaron a la misma casa, pero luego empezó la guerra y nos separaron. A mí me llevaron al otro lado de los montes Urales. Y él... no sé dónde fue. No lo volví a ver. El viaje hasta aquel pueblo fue terrible. Lagos helados que se resquebrajaban al paso de nuestros camiones, muy poca comida, mucho frío, el temor a que la guerra llegara hasta donde nos dirigíamos, el dolor por los que se habían quedado en Leningrado, que estaba siendo sitiado por los alemanes, y desde donde nos llegaban noticias estremecedoras —acabé con un hilo de voz.

—Supongo que es duro para usted recordar todo eso.

—He intentado olvidarlo, pero no lo he conseguido.

Era verdad que había probado desechar muchos de los recuerdos de aquellos años, pero no lo había logrado. No quería cargar con todo lo negativo que había vivido, tenía que aceptar su existencia, pero no regodearme en ella. Por eso intentaba no hablar demasiado sobre ello con nadie. Porque las palabras son poderosas y llaman a los recuerdos. Así lo había estudiado en mis años universitarios, y así lo había trabajado con mis pacientes, muchos de los cuales habían vivido experiencias inauditas durante la ocupación alemana. Pero no era tan fácil en la práctica como en la teoría.

—Comprendo —dijo al fin el inspector mientras apagaba el cigarrillo que había apurado hasta la colilla. Lo aplastó con rabia sobre el cenicero, abrió un cajón y sacó de él lo que me pareció una cartilla.

—Es su pasaporte. —Sonrió mientras me lo tendía—. No es como los de todos los ciudadanos españoles, que es verde, porque ustedes tienen un estatus especial. Este pasaporte amarillo la señala como una de las personas que han decidido dejar la Unión Soviética para regresar a su país.

El estatus especial y el pasaporte amarillo me dejaron más preocupada de lo que había pensado cuando entré en la comisaría. Las preguntas sobre Mauricio y aquel que usaba su nombre tampoco me daban ninguna tranquilidad. Y el hecho de que el hombre que me había vigilado saliera detrás de mí y volviera a seguirme tampoco suponía ningún consuelo.

¿Por qué me habían preguntado por Mauricio con la foto de aquel hombre? ¿Sabían de la relación que habíamos tenido Mauricio y yo hasta que él se alistó en el Ejército Rojo? ¿Sospechaban que aquel hombre no era Mauricio? ¿Lo sabían, igual que yo, y querían que yo les corroborara aquello de lo que ya tenían certeza? ¿Pensaban que yo tendría relación con aquel hombre y que mis pasos los llevarían hasta él? ¿Qué misión había venido a cumplir él desde la Unión Soviética? ¿Creían que yo lo sabía?

# 41

En mi camino hacia la pensión pasé por una heladería italiana. Me compré un helado y me senté en un banco para comérmelo. Estaba al lado de la oficina de Correos, un edificio de ladrillo con cerámicas que imitaba el estilo que había sido característico de la región siglos atrás, y con el que se habían construido varios centros oficiales a principios del siglo. Vi cómo dos bancos más allá se sentaba el policía que me seguía sin intentar siquiera disimular. Estuve a punto de acercarme a él y preguntarle por qué me estaban vigilando. Pero no lo hice. Me acabé el helado y me dirigí a la pensión.

Doña Margarita me estaba esperando en la entrada. Su gesto delataba que algo había ocurrido durante mi ausencia.

—Ha venido un hombre a verla —me dijo en cuanto me vio—. No quiero que vengan hombres a esta casa. No tolero las visitas masculinas.

—No conozco a nadie en esta ciudad —le contesté—. Habrá sido algún error. Vengo de la comisaría. Los únicos hombres con los que he hablado desde que llegué han sido los policías. Hay uno que vigila mis pasos, pero con él no he cruzado palabra.

—Este no era policía. Yo creo que era ruso. Hablaba con un acento muy fuerte, mucho más que usted. A usted se le nota que hacía años que no hablaba nuestro idioma, pero tiene una forma amable de hablar. Él no. Hablaba como si estuviera enfadado con el mundo.

Una sombra de sospecha me asaltó.

—¿Y cómo era? ¿Qué ha dicho? ¿Por qué preguntaba por mí?

—No había nada especial en su rostro. Pasaría completamente desapercibido si no fuera por su voz ronca. Ni guapo, ni feo, su pelo y sus ojos de un color indeterminado. No podría decirle si era rubio o castaño. Ni alto ni bajo. —Me miró con preocupación—. Ha preguntado por Magdalena Aristegui, o sea, por usted. Le he dicho que no estaba. Ha dicho que eso ya lo sabía porque la había visto salir.

—Entonces ¿por qué ha venido a preguntar por mí, si ya sabía que no estaba?

—Creo que ha venido precisamente por eso. Porque seguramente él debía de estar ahí fuera, la ha visto salir y también ha debido de ver al policía que habrá ido detrás de usted. Por eso se ha visto libre de venir a la casa.

—¿Y qué más ha dicho? —le pregunté.

—Mire, Magdalena, yo no quiero líos. Ya le dije que soy viuda de un fusilado republicano, y que eso en estos días todavía es de por sí sospechoso.

—Pero, habrá dicho algo más, ¿no?

—Me ha dado esto para usted.

Doña Margarita me entregó un sobre pequeño, como los de las tarjetas de visita.

—No lo he abierto. No me gusta saber más cosas de las que me conciernen.

—Muchas gracias, doña Margarita. No sabe cómo lo siento.

—Haga lo que tenga que hacer. Pero no quiero problemas ni visitas en esta casa.

Me fui a mi habitación para leer el mensaje que aquel hombre, fuera quien fuera, me había dejado. Alguien que también me había estado vigilando y que no quería que el policía lo descubriera cerca de mí.

La nota era muy escueta.

Café Levante, esta tarde a las cinco. Pida un café con leche y vaya al servicio de señoras.

No sabía dónde estaba ese café. Si le preguntaba a doña Margarita la hacía cómplice de lo que fuera que quisiera de mí el visitante. Si paraba a alguien en la calle, el policía podía preguntarle qué era lo que yo le había dicho. Solo tenía que enseñarle su documentación y cualquiera le diría todo lo que quisiera saber.

Y, en cualquier caso, ¿cómo iba a poder evitarlo? Me seguiría hasta el café. Y luego…

—Me gustaría conocer esos cafés por los que es famosa esta ciudad —le dije por fin a doña Margarita. Lo importante era no mencionar el café en concreto al que quería ir.

—Ya veo que la ha citado en un café y que no se fía de mí.

—No es eso, doña Margarita. Es que quiero familiarizarme con los lugares donde se reúnen las gentes aquí.

—Ya —contestó sin dejar de mirarme—. Es usted una buena chica. Y discreta. Y no quiere comprometerme. Lo he entendido perfectamente.

Puso su mano derecha en la mía y la apretó mientras sonreía. Entonces sacó un plano de un cajón de la librería del salón. Lo extendió sobre la mesa y me fue indicando la localización de varios lugares. El Maravillas, el Alaska, el Levante, Las Vegas, Los Espumosos…

—Creo que para empezar ya está bien con esos nombres.

—Sí. Supongo que sí —respondió—. Tenga mucho cuidado. De la policía y de ese hombre, cuyas intenciones no conocemos. No se fíe de nadie.

Le agradecí su consejo, aunque aquello era algo que tenía muy claro desde hacía mucho tiempo.

# 42

No me fue difícil llegar hasta el Café Levante. Salí con tiempo de casa y fui dando un rodeo, como si realmente estuviera paseando sin rumbo, para intentar despistar al policía. Cuando ya estaba a punto de llegar, fingí un tropezón y me llevé la mano al tobillo. Una mujer me ayudó. Le dije lo suficientemente alto que necesitaba sentarme. Ella me acompañó hasta el café, que estaba a pocas decenas de metros. Simulé una leve cojera, le di las gracias y entré.

El café tenía dos ambientes y me senté a una de las mesas del fondo, que estaba bastante cerca de los lavabos. Afortunadamente, no había más sitios libres en esa zona, así que mi guardián se tuvo que quedar en la parte de la entrada. Pedí el café con leche. Bebí la mitad y me dirigí al lavabo.

Apenas había luz, solo la que entraba desde la sala. Al cerrar la puerta, la penumbra lo cubrió todo. Mi corazón empezó a palpitar muy deprisa. No sabía qué hacer. Inmediatamente se abrió la puerta del servicio de caballeros. Me quedé quieta frente a frente al hombre que salía del excusado. Apenas vi la mano que se llevaba a los labios para indicarme que no hablara. Noté su rostro junto a mi oído, donde con una voz rota, no sabía si por el tabaco o por la metralla, susurró unas palabras que apenas entendí porque no me esperaba que nadie me fuera a hablar en ruso en aquel espacio.

—Magdalena, te habría reconocido en cualquier lugar. Tienes que ayudarme.

—¿Quién eres? —El hecho de no verle el rostro hacía que mi cabeza viajara por espacios con los que no contaba.

—Nos conocimos hace años, en un barco. Eras la amiga de Mauricio, ¿verdad?

—¿Quién eres tú? —insistí.

—Me volveré a poner en contacto contigo a través de una mujer. Así nadie sospechará.

—Pero ¿qué es lo que pasa? ¿Qué quieres de mí? ¿Y quién eres?

—No importa quién sea yo. Importa quién seas tú y qué quieras hacer por tus compañeros de viaje.

—Yo ya no tengo compañeros de viaje —le dije.

—Claro que los tienes —afirmó.

En ese momento se encendió la luz, que me deslumbró lo suficiente como para no verle bien la cara, aunque a esas alturas ya estaba segura de que estaba hablando con el hombre que se hacía pasar por Mauricio. También estaba casi segura de saber quién era, pero quería que fuera él quien me corroborara su identidad. Lo quería, y a la vez tenía miedo de preguntarle. Me daba miedo que supiera que había oído el nombre de Mauricio en el barco y que sospechaba algo extraño.

—Ahora tengo que irme. Alguien se pondrá en contacto. Eres médico, ¿verdad?

—Sí.

—Enseguida tendrás una oferta para trabajar.

—Pero…

Empecé a decir, pero él ya se había ido. Lo vi de espaldas. Se tocaba la oreja derecha con la mano izquierda y llevaba un gorro de lana calado, que le escondía el pelo. Me pregunté si eso bastaría para esquivar al policía.

Salí del baño y volví a mi asiento. El café con leche seguía caliente. Apenas había estado con aquel hombre dos minutos. Los suficientes para que se me removieran recuerdos que quería dejar en esa parte oscura que tiene el cofre de la memoria y que no deseaba abrir.

Aquel gesto de tocarse la oreja derecha con la mano izquierda...

# MAURICIO

# 43

Al menos siete días y siete noches tardaremos en llegar a Leningrado. El Feliks Dzierżyński es bastante más cómodo que los barcos anteriores, y nos dan bien de comer. Magdalena y yo nos vemos a escondidas en la cubierta superior. Un par de veces más nos ha descubierto un miembro de la tripulación que nos ha llevado ante el capitán, que las dos veces nos ha prometido que no nos descubrirá ante los maestros si le mantenemos en orden a los niños más pequeños, que se echan a llorar y bajan la moral de los demás, incluidos algunos de los tripulantes, que se acuerdan de sus hijos en países lejanos, a los que hace meses que no ven.

Hacemos lo que podemos para mantener el ánimo de los más chicos lo más alto posible. Pero es difícil. Estar en medio del mar a sabiendas de que cada minuto que pasa te estás alejando más y más de todo y de todos los que quieres no es fácil. Entre ellos hay dos grupos con sendas actitudes muy diferentes: los que lloran y los que se enfadan.

Entre los que se enfadan, y si pudieran serían capaces de organizar un motín, está Ezequiel, al que debo cuidar y vigilar a partes iguales por la petición que me hizo el maestro que está a cargo de toda la expedición y que viaja en el otro buque.

A pesar de que Ezequiel es más pequeño que yo en todos los sentidos, tiene tres años menos y le saco una cabeza, su presencia me resulta tremendamente inquietante e incómoda desde el momento en que lo conocí y me contó su historia. Ya ha montado tres líos desde que salimos de Londres. El primer día en este barco se peleó con un niño más pequeño después de intentar robarle una parte de su comida. Esta mañana lo he sorprendido mientras le levantaba la falda a una de las niñas pequeñas. Cuando le he reprendido me ha dicho que ella le había dado permiso, cosa que la niña ha negado cien veces mientras lloraba abrazada a Magdalena, que también ha sido testigo de la escena.

El tercer problema lo ha dado poco después, creo que como revancha por la reprimenda que se ha llevado por su mala acción con respecto a la niña. Ha sido durante la cena, cuando ha cogido un cuchillo y me ha amenazado con él.

—Si vuelves a meterte conmigo, a tu novia o a ti os va a pasar algo malo —me ha dicho mientras ponía la punta del cuchillo en mi costado izquierdo, por debajo de la mesa.

Lo ha dicho en voz baja y con esa sonrisa con la que intenta disimular toda la amargura que destila por cada poro de su piel y por cada palabra que pronuncia.

—Yo no me meto contigo, Ezequiel. Eres tú el que no se comporta como debe. Que algunas personas se hayan portado mal contigo y con tu familia no te da derecho a maltratar a los demás.

—Tú eres imbécil y no sabes nada de la vida —me ha dicho.

—No he tenido la mala suerte de que un supuesto amigo haya asesinado a mi padre. Al menos, eso espero —le he contestado—. Eso es verdad, pero ni soy imbécil ni soy tonto. Y deja el cuchillo encima de la mesa ahora mismo, o te demostraré quién de los dos es más fuerte.

Lo he mirado como no recuerdo haber mirado a nadie en toda mi vida. He debido de resultarle lo suficientemente convincente como para hacerle poner el cuchillo sobre el plato. No ha vuelto a abrir la boca más que para comer. Se ha ido tragando su rabia a la vez que la comida. Luego se ha marchado al salón donde dormimos los chicos mayores y los medianos como él. Me he acercado y he visto sus ojos enrojecidos de llorar. Me he sentado a su lado.

—Ezequiel, ojalá pudiera ayudarte —le he dicho, pero no sé si entiende un lenguaje que pretende ser amable.

—Nadie puede hacerlo. Déjame en paz. No eres responsable de mí. No eres mi padre; ni siquiera un hermano mayor.

—No lo pretendo.

—Tampoco eres mi amigo —ha proferido.

—Y tampoco lo pretendo. Solo quiero ayudarte. No necesitamos ser amigos para eso.

—Tú te has hecho amigo de Magdalena. Amigo, y algo más.

—Solo amigos.

—Mentira. Os he visto juntos en la cubierta del barco. Siempre estáis juntos —ha dicho con rabia.

—Nos gusta estarlo. Nos llevamos bien.

—Pero conmigo nadie se lleva bien.

—Tal vez deberías poner tú algo de tu parte. Robar comida, levantar faldas y amenazar con un cuchillo no es la mejor manera de llevarse bien con la gente, ¿no te parece?

Se ha callado, ha cerrado los ojos y se ha dormido enseguida. Me he ido a mi butaca y he pensado un buen rato en él hasta que me ha entrado el sopor que precede al sueño.

# 44

Después de desayunar, he subido a la cubierta. Magdalena se ha quedado un rato en la sala, consolando a dos niñas pequeñas, hermanitas, que llevan un par de días sin ser capaces de consolarse la una a la otra.

Hay niebla. Nunca había experimentado la niebla en el mar. Es sobrecogedora. Es como si el barco avanzara hacia la nada. Como si el océano no fuera más que la laguna Estigia y estuviéramos avanzando hacia el inframundo.

Cada sonido que produce el barco se multiplica al rebotar en la niebla. Como si la niebla fuera una cueva oscura. De vez en cuando suena la campana y me parece que su repiqueteo viene desde el mar y no desde el barco. Se ven sombras que salen de entre las olas y que se diluyen entre la bruma. O tal vez salen de la bruma y se diluyen entre las olas.

Me he acordado de la leyenda del buque fantasma, la historia de aquel marino holandés que osó desafiar a Dios y fue castigado a vagar eternamente con su barco y su tripulación hasta el fin de los tiempos. Precisamente, estamos cerca de las costas de Holanda y eso acerca aún más a mi memoria la presencia de ese personaje trágico y siniestro.

—¿En qué estás pensando? —La voz de Magdalena ha iluminado la niebla por un momento.

Le he contado lo del holandés errante, que ella ya conocía porque la historia estaba en un libro que le leía su madre de niña.

—Me daba pesadillas —ha dicho—. Pero no podía dejar de escucharla y de pedirle a mi madre que la leyera una y otra vez. Yo creo que me enamoré de aquel pobre hombre.

—¿Del fantasma del holandés?

—Según el libro de mi madre, solo podía entrar en puerto una vez cada siete años, y solo si se enamoraba de él una mujer que lo acompañara, se acabaría la maldición. En aquellos momentos, cuando mamá me leía la historia, yo quería ser aquella mujer y salvarlo. —Ha negado con la cabeza—. Ahora ya no se me ocurriría intentar salvar a nadie mediante un sacrificio propio. Quiero ser médico como mi padre. Así es como quiero salvar a las personas, con ciencia, con sabiduría y con trabajo. No mediante sacrificios.

—¿Sabes lo que le gusta decir a mi madre?

—No, ¿el qué?

—Que uno se mete a redentor y acaba crucificado. Como Jesucristo.

Magdalena se ha echado a reír y me ha parecido que su risa podía atravesar todas las nieblas de la tierra y del mar.

—Es verdad. De redentores crucificados, con Jesucristo ya tenemos bastante. Y Él era hijo de Dios. Los demás somos gente normalita, que bastante tenemos para salvarnos a nosotros mismos. Hay mujeres que se enamoran de canallas y que piensan que los podrán reconducir. No es así como funciona.

—Lo dices muy convencida —le he comentado.

—Papá ha estudiado la conducta humana y me ha contado muchas cosas. Y muchos ejemplos de mujeres redentoras que acababan fatal. Y no te he contado cómo acaba la historia del holandés: por fin consigue que una mujer se enamore de él para salvarlo. ¿Y sabes qué pasa?

—No —le he mentido. Sí que lo sé, pero quiero que ella me lo cuente.

—Pues que se acaba la maldición y el barco se hunde con los dos. Ella muere por salvarlo a él. ¡Y pensar que cuando era pequeña yo quería ser ella! Valiente idiota era yo de niña.

No he podido no reírme con ella. Me gustaría vivir con esa risa el resto de mi vida. No se lo he dicho, pero lo he pensado.

—La verdad es que en una mañana de niebla como la que estamos viviendo, se podría incluso adivinar la silueta del navío fantasmal —he comentado en voz muy baja.

—Prefiero estar al lado de tu silueta. —Y se ha acurrucado a mi lado.

Me he sentido el hombre más feliz, no de la Tierra, sino del mar.

# 45

Han pasado varios días, en los que no he escrito nada. Y no porque no hayan sucedido cosas, sino porque han ocurrido demasiadas. La niebla fue disipada por un viento atroz, un viento como jamás había experimentado. El barco se movía tanto entre las olas que parecía que iba a naufragar. Creo que lo hemos pensado todos, incluido el capitán, que iba de un lado a otro con el rostro desencajado. Él sabe bien que lleva un cargamento más preciado que si llevara oro y diamantes. Los niños de la guerra que han sido evacuados desde España tienen que llegar sanos y salvos a Rusia. De lo contrario, el escándalo sería mayúsculo a nivel mundial y un mazazo del que no se recuperaría el bando de nuestros padres en la guerra.

Ha entrado agua en las cubiertas. Así de grandes son las olas. Grandes y fuertes. El temporal ha durado varias horas y uno de los marineros ha caído al agua. De esto nos hemos enterado cuando ya los vientos han amainado y ha dejado de llover. Un golpe de agua lo ha lanzado por la borda. No sé cómo, pero la pericia y la voluntad de sus compañeros han conseguido salvarlo. Ha llegado exhausto a la sala que hay al lado de la nuestra. Lo he visto antes de que otro marinero cerrara la puerta para que no viéramos lo que ocurría. Solo me ha dado tiempo a ver que el médico le ha hecho la respiración boca a boca y le ha sacado agua de los pulmones. El marinero ha sobrevivido. Todos nos hemos alegrado de ello, pero nos ha quedado un sabor de boca agridulce: dulce porque el episodio ha terminado bien. Agrio porque podía haber acabado muy mal y nos ha hecho pensar en la fragilidad de nuestras vidas.

La mía, la de Magdalena y las de todos los demás que estamos en el barco. Pero, sobre todo, las de aquellos que se quedaron en tierra, en medio de la guerra. Navegamos junto a los mares de Alemania y pienso que fueron sus aviones los que empezaron los bombardeos a algunas de nuestras ciudades. Por culpa de esos bombardeos nos han evacuado y viajamos en este barco. Alguien nacido cerca de las costas que adivinamos a estribor ha lanzado bombas sobre desconocidos entre los que podríamos haber estado nosotros. Nosotros, que intentamos no pensar demasiado en lo que hemos dejado atrás.

Yo pienso en mis padres como eran cuando aún no había empezado la guerra. Cuando mi madre sonreía y asaba castañas en otoño. Me acuerdo del olor de las castañas asadas en las brasas de la chimenea. No sé por qué me ha venido el recuerdo, no solo de la escena, sino también del olor. Llevo el olor metido en algún rincón de la memoria, y acaba de salir mientras escribo estas líneas. Mamá asando castañas, papá volviendo de la mina con el rostro ennegrecido, antes de lavarse en el corral, mientras las gallinas corretean a su alrededor. El maestro, con su bigote afinado y pulido cada mañana con cera, explicándonos qué es una metáfora y que al poeta Federico lo han asesinado en Granada. Tiene lágrimas en los ojos cuando nos lo dice, y el llanto se nos contagia a todos los niños, que llegamos a casa con los ojos enrojecidos de llorar la muerte del poeta. De eso me acuerdo ahora, mientras pienso en que el marinero ha sido afortunado de haber sobrevivido a la brutalidad de las aguas. Y también pienso que la brutalidad de los hombres puede ser aún más terrible.

Mientras escribo, veo a Ezequiel, que habla con un grupo de niños de su edad. Les está contando lo del hombre que ha caído al agua. Ve que lo estoy observando. Se calla y se acerca.

—¿Es verdad lo que cuentan?

—Si te refieres a que ha caído un hombre y lo han rescatado, sí, es verdad.

—Dicen por ahí que el barco está maldito y que no llegaremos a puerto. Lo dicen algunos de los marineros, que no les gustamos y creen que traemos mala suerte.

Me sorprende que Ezequiel se crea esos cuentos de gente ignorante.

—Hay un temporal, una ola ha tirado al agua a un hombre. No hay ninguna maldición. Es la fuerza de la naturaleza.

—Un miembro de la tripulación se lo ha dicho a ese de ahí, el de la gorra de cuadros.

—Se lo habrá dicho para meteros miedo. No hay que hacer ni caso a esas cosas —le aseguro.

—¿De verdad?

—Claro. Confía en mí.

Me ha mirado y me ha sonreído como si de verdad confiara en mí.

Creo que ha sido la primera vez.

# 46

Hemos vuelto a sufrir temporales, aunque esta vez no ha caído nadie al mar. Presiento que aquí las aguas tienen que estar muy frías, y caer en ellas ha de ser muerte segura.

Hemos bordeado ya la península de Finlandia y no tardaremos en llegar a nuestro destino. Estos días he pensado mucho en esa palabra, «destino». Aquí todos hablan de eso de «llegar a nuestro destino». Lo llevan haciendo desde el primer día, desde el primer barco. Yo no estoy seguro de querer llegar a ningún sitio. He descubierto que me gusta la vida del barco, estar aquí dentro es como no estar en ningún lugar concreto y estar en todos. El mar, la mar, tiene eso, que le perteneces como a una madre y que a la vez te pertenece y es toda tuya. En ella están todas las posibilidades.

Hoy hemos visto aviones, que nos sobrevuelan. La tripulación se ha quitado las gorras para saludarlos. Deben de ser de los nuestros. ¿Los nuestros? Me he sorprendido a mí mismo pensando eso. ¿Los nuestros? ¿Quiénes son los nuestros? ¿Hay algo que sea de verdad nuestro? ¿Pertenecemos a algo los exiliados? No lo sé.

No quiero saberlo.

Magdalena también ha saludado con la bufanda a los aviones. Se ha puesto su mejor sonrisa para hacerlo, como si los pilotos pudieran verla. La he mirado con toda la ternura de la que he sido capaz, que es la que me inspira desde el momento que la conocí. No quiero vivir en Rusia sin ella. Si no está previsto que compartamos casa, hablaré con el maestro en cuanto lo vea y le pediré que no nos separe. Somos un buen apoyo el uno para el otro. Sé que los que nos organizan no quieren que haya demasiados vínculos entre nosotros, pero no pueden negarse a que estemos juntos. Todo será más fácil si lo compartimos. El destino será más fácil para los dos.

El destino.

Funesta palabra relacionada con los hados griegos. En las tragedias griegas los héroes estaban sometidos al destino, que siempre era aciago, negativo, terrible.

No me gusta la palabra destino. No quiero creer en su significado.

No quiero llegar a mi destino. Tampoco a ningún destino.

No quiero que mi vida esté sometida a los designios de los demás. Sean dioses u hombres. Estoy en este barco porque así lo han decidido otras personas por mí. ¿Soy una marioneta más en brazos del destino? ¿Tan poco ha aprendido la humanidad desde la época de las tragedias griegas? Deseo ser el señor y el dueño de mi vida.

—¡Casi se podía ver a los pilotos! —ha exclamado Magdalena cuando la emoción de ver a los aviones la ha dejado hablar.

—Han volado tan bajo que parecía que nos iban a atacar.

—Son de los nuestros —ha dicho ella—. Creo que forman parte del comité de recepción.

—¿Comité de recepción?

—Ayer una de las maestras nos dijo que nos van a recibir

muy bien, con música y todo, y que no sería extraño que salieran a nuestro encuentro barcos y aviones.

Me he quedado callado unos instantes. Magdalena ha cogido mi mano y la ha apretado fuerte. Ha creído leer el pensamiento que he tenido hace unos minutos.

—Seguro que estamos juntos también cuando lleguemos.

—Ojalá así sea.

Uno de los aeroplanos ha hecho un vuelo rasante sobre el buque. Esta vez hemos podido ver el rostro del piloto, al menos lo que no se escondía bajo su casco. He imaginado cómo debe de verse el mundo desde ahí arriba. Todo muy pequeño, hasta el mar debe de parecer pequeño.

Y sobre todo las personas, sus problemas y sus pensamientos.

Incluso las guerras pueden parecer más pequeñas de lo que son si se ven desde los ojos de Dios.

En ese momento he decidido que quiero convertirme en piloto. Tal vez sea ese mi destino. ¿Mi destino?

# 47

Nos han dicho que nos vayamos preparando porque estamos ya cerca de Leningrado. Enseguida pasaremos junto a la isla de Kronstadt, así la han llamado los maestros que nos dan instrucciones. Isla de Kotlin la ha llamado el capitán. En ese momento he sido consciente de que hay lugares que tienen varios nombres en las diferentes lenguas y que hay veces que no se parecen en nada.

Tenemos que tirar toda nuestra ropa al mar, todo nuestro equipaje, incluidas las maletas. Eso nos han ordenado los maestros. Dicen que en Rusia no vamos a necesitar nada, que allí nos van a dar ropa nueva. No es que tuviéramos mucho con nosotros, pero lo que tenemos, al menos yo, es ropa hecha por mi madre y no la quiero tirar. Hacerlo me parecería un sacrilegio, así que voy a optar por ponerme dos pares de pantalones, dos camisas y la chaqueta debajo del abrigo. Se lo he dicho a Magdalena y ella va a hacer lo mismo.

—Mi madre me hizo esta falda para el viaje. Y mi abuela me tejió dos jerséis de lana para el frío. No los voy a lanzar al mar, se pongan como se pongan las maestras. Me siento cerca de mi familia, arropada y protegida con estas prendas que han sido hechas con tanto amor.

—No se atreverán a mirar lo que llevamos debajo de la ropa que puede verse —le he dicho para calmarla y para escucharme esas palabras tranquilizadoras.

Al cabo de un rato, la sirena ha sonado y todos nos hemos dirigido a la cubierta con nuestras maletas en la mano. Muchos han hecho lo mismo que Magdalena y yo. Además, llevamos los bolsillos repletos con los pequeños recuerdos que atesoramos y que hemos querido que nos acompañaran en nuestro viaje y en nuestra estancia en la Unión Soviética. En mi caso, un destornillador minúsculo que me regaló mi padre. No lo he usado todavía, pero él me dijo que era una herramienta que seguro que me sería útil. Tampoco tenía nada que darme, aparte de sus consejos y de su amor incondicional. Mi madre me entregó las camisas planchadas y dobladas para que diera buena impresión a todas aquellas personas que fuera a conocer. También llevaba el cuaderno en el que escribo estas palabras, y los lápices que me acompañan, así como la cuchilla con la que saco punta al grafito.

Magdalena se había guardado en el bolsillo un libro de poemas de Antonio Machado, una cajita de plata con unos ángeles repujados, dentro del que había un rosario que le había dado uno de sus abuelos para que no se olvidara de que es bueno rezar, al menos de vez en cuando, le había dicho.

—Es muy bonito. Mi madre también tenía uno.

—En casa tengo más, pero me he traído este porque me lo dio mi abuelo antes del viaje. Es muy anciano y no sé si lo volveré a ver. Lo quiero mucho.

En ese momento, me ha parecido que Magdalena ha estado a punto de llorar por primera vez en toda la travesía.

# 48

Hemos lanzado las maletas al mar en medio de una algarabía nunca vista en el barco. Los marineros han ayudado a los más pequeños, que se lo han tomado como si de un juego se tratase.

—Es como si lo que dejamos atrás no tuviera ningún valor —ha dicho Ezequiel, al que hacía horas que no veía. Se ha colocado a mi lado para tirar su maleta por la borda.

—¿No te has guardado nada?

—Lo que me haya podido guardar no te incumbe —me ha contestado mientras he notado un pisotón, que muy probablemente venía de él, aunque había tanta gente a mi alrededor que no habría podido jurarlo—. Espero que nos pongan en la misma casa cuando lleguemos.

Yo espero que no, pero no se lo he dicho.

—Allí te tendrás que portar muy bien. No creo que toleren ninguna falta de disciplina.

—Me voy a portar tan bien que seré el estudiante más aplicado de todos. Más que tú, ya lo verás.

—No tengo ninguna duda —le he contestado.

Es tan testarudo que si se lo propone es capaz de conseguirlo.

—Esa isla parece una prisión —ha dicho.

—Hay una fortaleza. No me gustaría vivir ahí dentro —he replicado.

—Mejor un islote como ese que un barco. Al menos la isla está quieta.

—Ezequiel —le ha llamado Magdalena.

—¿Qué quieres tú?

—Que te portes bien y que no vuelvas a levantarle la falda a ninguna niña.

—Eso lo dices porque no te levanté la tuya. Seguro que te habría gustado.

—Como vuelvas a decirle algo así a Magdalena te tiro por la borda —le he dicho.

Se ha echado a reír y estoy seguro de que su risa estentórea se ha oído por toda la cubierta.

—Sabes que no te atreverías a hacer una cosa así.

—No me provoques si no quieres ver de qué puedo ser capaz —le he dicho.

—¿Tanto te gusta esta niñata que serías capaz de cometer un crimen por ella?

—Privarle al mundo de tu existencia no sería ningún crimen —hemos oído una voz detrás de nosotros.

Una voz que no he identificado. Hemos mirado hacia el lugar del que venía, pero había tanta gente, entre niños y maestros, que ha sido imposible localizarla.

—¿Quién ha dicho eso? —ha preguntado con los ojos llenos de su ira habitual.

—No lo sé. Yo no he sido —ha replicado Magdalena.

—Yo tampoco.

—Pero seguro que lo habéis pensado los dos, ¿verdad?

No hemos contestado. Hay preguntas que es mejor que se queden sin respuesta. Ezequiel se ha alejado de nuestro lado mientras se llevaba la mano izquierda a la oreja derecha, en ese gesto tan suyo que, estoy seguro, reconocería en cualquier momento, aunque llevara veinte años sin verlo.

# MAGDALENA

# 49

Pasaron dos días sin noticias del hombre del café, que, por supuesto, era el hombre que se hacía pasar por Mauricio y que, también por supuesto, tenía que ser aquel Ezequiel con el que compartimos el viaje desde Gijón hasta Leningrado. Aquel muchacho que tanto nos inquietaba y al que afortunadamente ya en la Unión Soviética llevaron a una casa distinta a la nuestra. Yo no lo había vuelto a ver, pero el gesto de llevarse la mano a la oreja y algo más que no habría sabido definir en aquellos momentos me decían que era él.

Apenas había pensado en él durante mis años en Rusia. Recuerdo que tanto Mauricio como yo nos habíamos quedado muy tranquilos cuando el viejo profesor nos dijo que se lo llevaría con él a una casa de las afueras de Leningrado. Luego supimos, ya durante la otra guerra, que a los chicos de esa casa los habían trasladado al otro lado de los montes Urales en la primera tanda, mientras que nosotros todavía tuvimos que quedarnos un tiempo más en la ciudad, que ya estaba siendo sitiada por las tropas alemanas.

Pero me estoy adelantando a los acontecimientos. Antes del sitio de Leningrado pasaron cosas muy hermosas entre Mauricio y yo. Recuerdo el recibimiento que nos hicieron cuando, después de tirar por la borda casi toda nuestra ropa junto a la isla de Kotlin, llegamos al puerto de aquella ciudad que antes se había llamado San Petersburgo y Petrogrado. Me pareció el escenario de un cuento de hadas, con sus palacios, que se abrían hacia el puerto, y sus jardines, que tiempo atrás habían pertenecido a los zares; lugares donde príncipes y princesas de cuento habían paseado antes de que los bolcheviques los mataran. Cuando en el colegio en el pueblo nos contaban aquel episodio sobre el asesinato de los zares y de sus hijos, yo me echaba a llorar, y conmigo muchas de las niñas, ya que las princesas eran niñas un poco mayores que nosotras y las habían acribillado, primero a tiros y las habían rematado con las bayonetas. Imaginaba sus vestidos rojos por la sangre vertida y me entraba mucho miedo y mucha angustia. Ya en la Unión Soviética, cuando se hablaba en la escuela de aquel episodio no se nos permitía llorar, sino que se explicaba como un acto de justicia del pueblo contra sus tiranos. Yo no entendía que un acto de justicia implicara el asesinato, pero había aprendido que tenía que estar callada y guardarme mis opiniones. Y callaba.

En el puerto nos esperaba el otro barco, el Kooperatsiya, en el que viajaba el viejo maestro. Él y los demás educadores habían elaborado unas listas según las cuales se nos irían distribuyendo en autobuses, que nos llevarían a los diferentes centros de acogida. Afortunadamente, Mauricio y yo estaríamos juntos. Y Ezequiel iría a otro centro.

—Yo habría preferido estar con vosotros —nos dijo cuando pasó a nuestro lado para dirigirse a su autobús. Me pareció ver un atisbo de lágrimas en sus ojos. En aquel momento sentí piedad de él.

Me preguntaba qué iba a ser de aquel chaval sin la protección del sentido común de Mauricio. Estuve a punto de pedirle al maestro que lo dejara venir con nosotros, pero me callé. También entonces me callé. Vi que el maestro rodeaba sus hombros con su poderoso brazo y pensé que seguramente aquel hombre sabría cómo tratarlo y cómo extraerle todo el odio que llevaba consigo.

Nos recibieron con música, con flores, en fin, como si fuéramos gente importante. «El oro de Rusia» nos llamaban los miembros del Partido Comunista español en el exilio. A mí me dieron un ramito de unas flores minúsculas que no había visto nunca. Era otoño, pero parecía que fuera primavera. Habíamos llegado a nuestro destino, y eso significaba que estábamos más y más lejos de volver a nuestras casas, a nuestras familias, si es que todavía teníamos familia.

Muchos niños lloraban y no querían salir del barco. Presentían que poner el pie en aquel puerto significaba pisar un territorio del que ya no volverían. Y así fue con muchos de ellos antes y durante la guerra que vino unos años después. Los justos para que muchos de los chicos mayores, que entonces ya habían cumplido los dieciocho años, se alistaran en el Ejército Rojo. Muchos murieron en campos de batalla, otros de tuberculosis, otros…

Yo quería salvar personas. Y por eso estudié Medicina. Sí. Por eso estudié mientras otros morían en la guerra.

# 50

—La llaman por teléfono, Magdalena —me dijo doña Margarita, que tenía uno de los pocos teléfonos privados que había en la ciudad.

—¿A mí?

—Una mujer ha preguntado por usted. Por la doctora Aristegui, para ser exacta.

Ezequiel, porque estaba segura de que era él, me había dicho que se pondrían en contacto y que me ofrecerían un trabajo. Cogí el auricular que me ofrecía la patrona.

—Magdalena Aristegui al aparato.

—Buenos días, doctora —contestó una voz femenina—. Le llamo de la clínica del doctor Palacios. Tenemos entendido que es usted psiquiatra y que acaba de llegar desde la Unión Soviética. ¿Es esto correcto?

—Sí que lo es.

—Nos gustaría hacerle una entrevista para que trabaje con nosotros.

—Me han dicho que la convalidación de mi título soviético de médico puede tardar tiempo —aseguré.

—Se trata de una clínica privada, y contamos con traductores que darán fe de que su título es oficial. No tiene de qué preocuparse. Claro está que su contrato no será como médico, sino como administrativo. Pero dadas las circunstancias, creo que no nos dirá que no.

—¿Qué circunstancias? —inquirí.

—Está sin trabajo, sin dinero y no tiene familia aquí.

—¿Cómo sabe usted todos esos pormenores acerca de mi situación?

—No es difícil adivinarlos, ¿no le parece, doctora? En cualquier caso, hablaremos mejor cara a cara cuando venga usted por aquí. ¿A las doce del mediodía le iría bien?

Le dije que sí y me dio la dirección, que estaba aún más lejos que el Café Levante, adonde me habían llevado mis pasos dos días antes. Aunque no había salido de la pensión, desde el balcón había visto que el policía encargado de mi vigilancia seguía siempre allí. Por la noche le hacía el turno otro agente, que se apostaba en la farola entre la medianoche y las siete de la mañana. A esa hora hacían el cambio, y mi vigilante volvía, siempre con un cigarrillo entre los labios y con cara de dormir poco y mal. Me preguntaba qué pensaría aquel hombre, cuya única misión era observar a una desconocida: si entraba, salía, dónde iba, con quién hablaba. No le daba demasiado trabajo porque pasaba la mayor parte del tiempo en la casa, charlando con doña Margarita y ayudándola con los quehaceres. Aunque ella no quería que lo hiciera, era mi manera de matar el tiempo: cosía, planchaba y amasaba el pan.

A las doce menos cinco estaba en la puerta de la clínica. Era un edificio pequeño, parecía más un chalet que un hospital. Las columnas, las verjas, los dinteles y las ventanas estaban decorados como aquellos viejos palacios de Leningrado que tanto me llamaron la atención en mis primeros días en Rusia. Llamé al timbre y salió a abrir una mujer vestida de enfermera, con la cofia y el delantal inmaculados; tanto que parecía que se los hubiera puesto para recibirme. Tenía las uñas pintadas, cosa que me llamó la atención más aún que todo lo que me rodeaba: ninguna enfermera ni ninguna médico puede llevar las uñas pintadas. Me sonrió y me hizo pasar a una salita de espera que había a la derecha. No se oía nada, ni pasos ni conversaciones. Por un momento pensé que en todo el edificio estábamos solas ella y yo. Enseguida comprobé que no era así. Una mujer y un hombre, ambos vestidos con batas blancas, entraron en la salita. Me levanté inmediatamente. Ella me indicó que me sentara mientras hacía las presentaciones.

—Doctora Aristegui, permítame que le presente al doctor Palacios, es el propietario de la clínica, muy reconocida en la ciudad. Gozamos de gran prestigio. Yo tengo el honor de ser su ayudante. Me llamo Carmen González. Soy enfermera. Aquí todavía es difícil para las mujeres acceder a la carrera de Medicina.

—Por eso estamos muy contentos de su presencia en nuestra ciudad —intervino el doctor—. No se preocupe por el tema de la convalidación. Tenemos buenos contactos para hacer que todo vaya deprisa. Por el momento le haremos un contrato como secretaria, aunque su trabajo será otro, como ya le adelantó mi ayudante por teléfono.

—He trabajado más de quince años como psiquiatra en la Unión Soviética —dije.

—Lo sabemos. Sabemos muchas cosas sobre usted —dijo ella en voz baja y mirando hacia la puerta—. Aquí las paredes oyen. Hay que tener cuidado.

—No sé a qué se refieren.

Ambos se miraron y asintieron como si se estuvieran poniendo de acuerdo en algo. Algo de lo que no tardaría en enterarme.

# 51

Salí de la clínica con la cabeza mareada. Lo último que me habría esperado al regresar a España era lo que me acababan de proponer. Trabajar de secretaria, o de psiquiatra, tanto daba, iba a ser una tapadera para que me pudiera mover libremente por la ciudad y entablar relaciones con uno de los ingenieros que estaban trabajando en la construcción de una base aérea americana a las afueras de Zaragoza. Querían que lo conociera, que me invitara a visitar las obras, que me contara lo que estaban haciendo y cuáles eran los planes que Estados Unidos tenía para esa base aérea en un lugar tan estratégico como un país que está entre el Atlántico y el Mediterráneo, entre Europa y África. Tanto el Partido Comunista en el exilio como la propia Unión Soviética nos habían permitido la salida del país para que ejerciéramos como espías, observáramos y contáramos lo que estaba ocurriendo en España después de los pactos que habían tenido lugar en Madrid en 1953 entre Franco y el presidente de Estados Unidos. Poco antes de mi llegada a España Eisenhower había, además, creado la NASA para competir con la Unión Soviética por la carrera aeroespacial. Aquellos eran nombres que yo había oído en la radio, en el hospital donde trabajé en Moscú. No me importaban en absoluto ni unos ni otros, y en ese momento me veía envuelta en algo por lo que no tenía ningún interés. Yo quería ayudar a la gente con mis conocimientos médicos y psiquiátricos. No quería estar enredada en un asunto de espionaje entre las dos potencias más poderosas del mundo.

Había decidido regresar a España cuando me di cuenta de que no me quedaba nada en Rusia por lo que seguir viviendo allí. Había perdido a las únicas dos personas que me habían importado. Cuando fui plenamente consciente de que jamás volverían a mi vida, pensé en regresar, aun a sabiendas de que aquí tampoco había nadie que me importara y a quien yo importara. El director del hospital me había animado a volver, por aquello de cambiar de aires y, seguramente, ese día en la clínica de Zaragoza lo entendí, porque el partido había tomado esa decisión por mí y para mí.

Estuve tentada de hablar con el policía que era mi sombra y de contarle todo: quiénes eran en realidad los dueños de aquella clínica, qué querían de mí, quién era el hombre que se hacía llamar Mauricio San Bartolomé. No lo hice porque sabía que, si mencionaba algo referente a la misión que me habían encomendado, mi vida peligraría. Y, aunque no tenía las razones que durante años había tenido para vivir, el instinto de supervivencia es algo que difícilmente perdemos.

Además, no tenía ninguna intención de ayudar y proteger a aquellos que habían matado a mi padre durante la guerra civil y habían propiciado la muerte de mi madre, mi orfandad y mi soledad más absoluta. Así que cuando pasé al lado de aquel hombre, lo saludé con una inclinación leve de la cabeza, solo para que supiera que lo reconocía, y me fui a la pensión lo más deprisa que pude.

# 52

La soledad quemaba las entrañas y, aunque a través de mis estudios de Psiquiatría se suponía que sabía cómo gestionar las ausencias y el dolor, me era muy difícil hacerlo. La memoria me traía recuerdos hermosos y recuerdos terribles, todos juntos y sin que yo fuera capaz de seleccionarlos. Llegaban apelotonados, empujándose unos a otros, casi siempre los malos a los buenos, para que no pudiera pararme y sosegarme un rato en la evocación de los momentos bellos que pasé con Mauricio.

Habíamos llegado a Leningrado y estábamos relativamente felices en nuestra casa de acogida. Mauricio y yo nos queríamos, y el velo que pone el amor en todo lo que tiene a su alrededor hacía que nos sintiéramos dichosos a pesar de las malas noticias que nos llegaban de España a través de las cartas de nuestras familias.

Al principio nos besábamos a escondidas de los demás.

Recuerdo nuestro primer beso como si hubiera ocurrido la semana pasada. Fue al poco de llegar al que sería nuestro hogar en Leningrado durante bastante tiempo. Habíamos bajado al sótano a recoger carbón para la estufa. Hacía mucho frío y me caía la moquita. Me llevé la mano a la nariz y me tizné de negro. Mauricio se echó a reír e intentó limpiarme con la manga de su chaqueta. Aún me manchó más la cara. Se reía sin parar. Entonces cogí uno de los trozos de carbón y se lo restregué por las mejillas. Entre risas me tomó las manos y se las llevó a los labios a pesar de lo sucias que estaban. Luego acercó su cara a la mía. Dejamos de reírnos. Podía oír su respiración, oler su cuerpo, sentir su piel. Mi corazón latía muy deprisa. Más que nunca. Nos miramos y nos sonreímos. Nuestras bocas se buscaron y se encontraron por primera vez. Hacía tiempo que deseaba que llegara ese momento; tal vez desde el primer instante en que lo vi, en la escalerilla del barco, cuando mi cara también estaba manchada, pero de rojo. Aquel nuestro primer beso fue un beso largo en el que me habría quedado a vivir para siempre. Luego llegaron muchos más cuyo recuerdo me acaricia y me araña el alma.

Poco a poco, todo el mundo en la casa se fue dando cuenta de que estábamos enamorados y no nos importaba demostrar nuestro amor delante de los demás.

—Eres lo más hermoso que ha pasado en mi vida —me decía Mauricio.

—No me gusta ser algo que ha pasado en tu vida. Prefiero que me digas que me quieres.

—Te quiero. No pensaba que se podía querer tanto a alguien.

—Eso me gusta más. Yo tampoco lo pensaba. —Sonreí.

—Entonces, dime que me quieres.

—Te quiero. Te amo. Te adoro.

—¿Todo eso?

—Todo eso y más.

Y entonces nos besábamos y me parecía que sus besos tenían el sabor salado del aire que venía del mar cuando estábamos en la cubierta de los tres barcos en los que empezamos a querernos. El recuerdo del mar siempre nos acompañaba. Ambos nos habíamos regalado el sabor salado del mar, y con cada beso y cada caricia volvíamos a estar bajo las estrellas infinitas, con el mundo entero a nuestros pies.

Fue poco después de llegar a Leningrado cuando mi tía me escribió acerca de lo que había ocurrido en mi familia. Me costó semanas aceptar la muerte de mi padre y la cárcel de mi madre. Dejé de comer y solo la compañía y las palabras de Mauricio consiguieron que siguiera adelante, con mis estudios, con mi vida y con mi amor.

A Mauricio también le llegaron nuevas sobre la pena, el hambre y la tuberculosis que se había llevado a su madre poco después de la muerte de su marido. El padre de Mauricio había fallecido como consecuencia de la enfermedad de los mineros que arrastraba ya desde hacía tiempo.

Mauricio y yo nos consolábamos mutuamente y llevábamos una vida amable. Aprendimos a patinar sobre el hielo: el invierno llegó enseguida y pronto se helaron los ríos, los canales de la ciudad y el lago. Nos desplazábamos en trineos, a veces solo por diversión, otras veces por necesidad. No era tan fácil caminar sobre el pavimento helado. Yo me caía siempre, pero ahí estaba Mauricio para ayudarme a levantar.

A pesar del frío que hacía en la calle, en las casas se estaba bien. Había calefacción central en casi todos los edificios, y eso nos parecía un gran lujo.

Además de nuestras clases, nuestros educadores procuraban que lo pasáramos bien mediante la asistencia a lo que ellos llamaban actividades culturales. Nos llevaban al circo, al teatro, al ballet, a la ópera.

El ballet y la ópera era lo que más me gustaba. Nunca había visto nada parecido. Aquellas bailarinas parecían volar sobre el escenario. Si no hubiese sido por el ruido que hacían las zapatillas con las puntas de madera cuando se posaban en el suelo después de los saltos, habría creído que eran ángeles que bajaban del cielo para decirnos que la belleza reinaba en el mundo. Pero aquel sonido me decía que no todo era tan etéreo y perfecto como parecía.

La ópera me emocionaba especialmente. Disfrutaba de aquellas historias de amor, aunque acabaran fatal, la música y unas voces me dejaban con la boca abierta. Me gustaba sobre todo una que vimos varias veces y que estaba en lengua rusa, *Eugene Onegin*, en la que al final la chica rechazaba al hombre que se había reído de ella. Me parecía una buena historia que no tenía el final que casi todo el mundo esperaría, sino que ella, Tatiana, mantenía sus convicciones y no se dejaba arrastrar por la pasión.

Yo sí que me dejaba arrastrar por el amor y la pasión que me inspiraba Mauricio. El mundo estaba en guerra y nosotros intentábamos vivir nuestra historia ajenos a lo que ocurría lejos y cerca.

En España la guerra había acabado y la República había perdido. El resultado era cientos de miles de muertos y un estado fascista. En Europa, Alemania había invadido varios países y se había aliado con Italia y con Rusia. Nuestra Rusia estaba ayudando a los que habían ayudado a que Franco estuviera en el poder. No olvidábamos que los aviones que habían bombardeado nuestras ciudades habían sido alemanes e italianos. Y entonces la Rusia que nos había ayudado se había aliado con el enemigo. ¿Cómo se podía entender aquello?

Habían pasado ya casi dos años desde que estábamos allí y no entendíamos nada.

No entendíamos nada, pero nos teníamos el uno al otro y nos amábamos.

# 53

Sí, la soledad quemaba las entrañas también durante aquellos días de mi regreso, casi veinte años después.

Tenía que ir a uno de los locales a los que iban muchos americanos los sábados por la noche. El doctor Palacios y su ayudante me habían mostrado la foto del ingeniero con el que tenía que entablar contacto. Debía hacer que me contara cosas, que me enseñara las instalaciones. Debía hacer fotos. Sí, fotos. Me habían dado un mechero que llevaba incrustada una minúscula cámara. Me habían dicho que confiaban en mí y que tenía una misión muy importante para la paz mundial.

¿De verdad la paz mundial dependía de mí? ¿Y qué tenía que ver Ezequiel con todo aquello? Lo que recordaba de él era que quería vengar la muerte de su padre. ¿Acaso se había metido en el partido y había obtenido una identidad falsa para llegar con más facilidad al tipo que asesinó a su progenitor? ¿O se había embebido de los ideales soviéticos durante sus años en Rusia?

Llegó el sábado por la noche y salí de la pensión. Me había cardado el pelo como hacían las señoritas de la ciudad y me había maquillado ojos y labios, cosa que jamás había hecho en mi vida. Incluso me había pintado las uñas con una laca que me dejó doña Margarita.

—Hace usted bien en salir a divertirse. Es muy joven y tiene derecho a conocer a algún hombre con el que casarse.

—Ya estuve casada —le dije, y aún no sé cómo y por qué salieron aquellas palabras de mi boca. Unas palabras que me había jurado que nunca pronunciaría.

—Ah, hija mía. Tal vez he sido indiscreta.

Le sonreí y no le dije nada más. No quería contarle nada más de la que había sido mi vida antes de llegar a Valencia en el Crimea.

Salí de la pensión y me dirigí a la plaza donde estaba la *boîte*, como llamaban entonces a aquellos locales en los que se servían cócteles y que tenían una clase que no se veía en la calle por ningún lado. Era demasiado tarde para mi vigilante habitual, así que había sido sustituido por otro, más joven, que hacía los turnos del fin de semana.

Me siguió hasta el interior. Se acodó a la barra y se pidió un Soberano, que era un brandy muy corriente. El camarero lo miró mal por un segundo, hasta que se dio cuenta de que era un policía de servicio. Yo me senté a una de las mesas y pedí un Manhattan. Había mujeres muy bien vestidas y peinadas que iban allí a lo que iban, es decir, a intentar ligar con los americanos, que eran los que manejaban el dinero y, con un poco de suerte, las podían sacar de la ciudad provinciana para llevarlas a un rincón del desierto americano si no tenían suerte, o a California o Florida si eran más afortunadas.

En realidad, yo no sabía qué estaba haciendo allí. Había tenido miedo a negarme a llevar a cabo la misión. También a contarle al policía los planes de aquellas gentes con las que ni tenía ni quería tener nada que ver. Me habían envuelto en una trama en la que no deseaba estar. Mientras bebía a pequeños sorbos aquel estúpido cóctel, pensaba en lo bueno que había sido trabajar en el gran hospital en el que había ayudado a tanta gente. Me sentí idiota por haber vuelto huyendo de mi propia soledad y de mi propio dolor.

¿Haber vuelto? No había vuelto a nada ni a nadie que tuviera que ver conmigo.

Estaba a punto de levantarme de mi asiento cuando un hombre se sentó a mi lado.

—*May I?* —me preguntó en inglés.

Le dije que sí. Era el tipo de la foto, al que se suponía que tenía que conocer y con el que debía intimar tanto como para que me hablara de asuntos secretos.

—Hablo un poco de español, y tengo que practicar. ¿Le parece bien que hablemos un poco?

—Sí, claro. ¿Qué otra cosa podemos hacer? —le dije. Por supuesto, que una mujer estuviera sola en aquel local presuponía que se podían hacer otras cosas que solo hablar.

—Claro. ¿Qué otra cosa podemos hacer? —contestó—. ¿Puedo invitarla a otro cóctel?

—Creo que tengo suficiente con uno. Pero gracias por su invitación.

—Me llamo John Adams —se presentó.

—Yo soy Magdalena Aristegui.

—Un nombre bastante difícil para mí.

Sonreí ante su comentario. Desde luego, llamarse John Adams era mucho más fácil.

—¿Y a qué se dedica? —me preguntó.

—Soy secretaria en una clínica. —Era la respuesta que me habían dicho que tenía que dar.

—¿Y es de esta ciudad?

—No. Nací en el norte del país. Pero llevo viviendo aquí un tiempo. ¿Y usted?

—Soy ingeniero. Estoy trabajando en las instalaciones de la base aérea de la que imagino que todo el mundo habla por aquí.

—Dicen que va a dar muchos puestos de trabajo —comenté.

—Eso es seguro. Va a ser muy importante para esta ciudad. Por cierto, ¿está casada?

—No.

Esa respuesta era siempre muy difícil de pronunciar.

# 54

Nos vimos al día siguiente, que era domingo. Insistió en acompañarme a misa. Yo nunca iba a la iglesia, pero tenía que mostrarme religiosa y convencional. Nos volvimos a ver todas las tardes a las siete, y también el fin de semana siguiente. Me gustaba su compañía, me hacía sonreír y desear que llegara el momento de verlo de nuevo. Hacía tiempo que no me sentía tan a gusto con un hombre y me preguntaba si no me acabaría enamorando de él. De John Adams, ingeniero americano. No era esa mi misión. Tampoco era mi objetivo. Cuando me dejó en la puerta de la pensión el jueves por la noche, me besó y me gustó que lo hiciera. Se lo dije y volvió a hacerlo. Pasó a nuestro lado un policía, que no era ninguno de mis vigilantes habituales, y nos llamó la atención. Estuvo a punto de ponernos una multa por escándalo público. No lo hizo porque John le enseñó su documentación americana. Cuando el policía se marchó y lo perdimos de vista, John me invitó a visitar el proyecto en el que estaba inmerso. Estaba tan orgulloso que quería enseñármelo. El sábado sería el día elegido para la visita.

Durante la semana fui todos los días a la clínica, donde tenía un despacho que nadie más que el doctor Palacios y la enfermera González visitaban. Solo el viernes a mediodía, cuando ya estaba a punto de irme, se abrió la puerta y entró alguien a quien no esperaba.

—Buenas tardes, Magdalena. —Oí una voz ronca inconfundible a mi espalda. Esa vez la luz estaba encendida y pude verle bien la cara.

—Ezequiel —dije.

—Me reconociste desde el primer momento en la barandilla del Crimea, cuando mirábamos aquellas casas en las colinas de la costa, ¿verdad?

—No. En ese momento solo vi y escuché a alguien resentido y dolido con la vida, pero no me di cuenta de que eras tú. Han pasado muchos años desde que nos separaron cuando llegamos a Leningrado.

—Veinte años —comentó con tono frío.

—Tú eras un niño entonces. Has cambiado.

—Sigo siendo el mismo.

—Todos cambiamos —le dije. En mi trabajo había aprendido bien que las personas evolucionamos según nuestras circunstancias y nuestro propio desarrollo. Nadie es igual—. Mauricio se acordaba mucho de ti y de tu afán de venganza contra el hombre que había matado a tu padre. ¿Has vuelto para vengarte de él?

—El mundo es mucho más grande que la vida de un hombre —me contestó—. Y tú ¿por qué has vuelto? ¿No estabas bien con tu trabajo en el hospital? Vivías en una buena casa del centro.

—¿Me vigilabas?

—Velaba por ti —me respondió con el cinismo del que yo sabía que hacían gala algunos agentes del KGB.

—¿Y ahora también velas por mí?

—Ahora lo hace ese policía que se ha convertido en tu sombra. Es insistente.

—Cumple con su deber —le aseguré.

—Los policías de aquí trabajan con la CIA. Nos vigilan porque creen que algunos hemos venido para trabajar como espías de la Unión Soviética. Especialmente en las ciudades donde van a instalar sus bases militares los americanos, como esta.

—¿Y acaso no es verdad?

Se echó a reír, aunque su risa era extraña: no todos los sonidos salían de su voz rota.

—Yo no tengo ninguna pinta de espía. Soy fácilmente reconocible.

—¿Qué te pasa en la garganta?

—Metralla. Me hirieron en la guerra. Me alisté en cuanto tuve la edad. Luché varios meses, pero un maldito obús explotó cerca de mí, mató a varios compañeros y a mí me hizo un agujero en el cuello. —Se señaló la zona—. Sobreviví. No sé cómo pudieron salvarme, pero lo hicieron.

—Los médicos pueden obrar milagros.

—Tú también puedes hacerlos. Mañana tienes que hacer todas las fotografías que puedas. Observa todo lo que pueda sernos útil —me recordó.

—¿Y qué pensáis hacer con la información que os dé? ¿Un sabotaje?

—Eso ya no es de tu incumbencia.

—Claro que lo es.

—Limítate a cumplir con tu misión. Nadie sospechará de ti —aseguró.

—No tardarán en descubrir que he venido de Rusia.

Atarán cabos. No tengo pasado en este país. Tal vez tampoco tenga futuro.

—A tu amigo americano le tienes que contar la verdad.

—¿La verdad?

—Sí.

Entonces Ezequiel me dijo que debía contarle a John Adams que era una de aquellas niñas españolas que habían sido evacuadas a Rusia, que me había casado con otro de aquellos niños, que había tenido un hijo y que después de haberlo perdido todo había decidido regresar a mi país para ayudar con todo lo que había aprendido en Rusia sobre medicina.

Lo miré con los ojos muy abiertos y el corazón en un puño. ¿Por qué sabía Ezequiel esa parte de la historia de mi vida que yo no me atrevía ni siquiera a recordar?

# MAURICIO

# 55

A Magdalena y a mí nos han asignado la misma casa, la llamada número 8 y que está en el mismo Leningrado. Allí han llegado las primeras cartas de mis padres y de la tía de Magdalena. En ella le ha contado que su padre ha sido fusilado y que su madre está en una cárcel llena de tristeza. Es muy extraño recibir noticias sobre la muerte de una persona querida a la que creías viva, y en la que has estado pensando durante meses como viva, mientras ella ya no estaba en este mundo. Es una sensación desasosegante.

Magdalena no para de llorar. Cree que, si se hubiera quedado, tal vez no habría pasado nada de eso. Piensa que al menos su madre no estaría tan sola. Tiene pesadillas por las noches y se levanta envuelta en sudor. Deambula por los pasillos de la casa y nadie, ni las maestras ni yo podemos consolarla. Parece más un fantasma que una persona. Apenas come y no sabemos qué hacer para animarla.

Lo único que consigue sacarla de sus pensamientos es la escuela. Quiere estudiar mucho para entrar en la facultad de Medicina y ser médico como era su padre. Cada hora que tenemos libre, ella la utiliza para estudiar obsesivamente.

La escuela la saca de su dolor. Y también mis besos y mis caricias. Aunque a veces me parece que me rehúye. Creo que tiene miedo de encariñarse demasiado con nadie que pueda perder. Yo le digo que siempre estaré con ella, pero ella me contesta que su padre le decía lo mismo cuando era niña.

—Déjame quererte, Magdalena.

—Tú también te irás un día. O seré yo quien me vaya para siempre.

—No. Eso no pasará. Siempre estaremos juntos.

Nunca he querido a nadie como la amo a ella. Ni siquiera los personajes de las novelas se aman tanto. Quiero su bien por encima de todo. Ella ha recordado el poema que le escribí en el barco:

—¿Te acuerdas de cuando me escribiste aquellos versos?

*El viento tu rostro mece*
*mientras se pone a cantar.*
*Cielo y Tierra se oscurecen,*
*para regalarte el mar.*

—Claro que me acuerdo. Te escribiré más. Pero solo si vuelves a comerte toda la comida que te pongan.

Me ha mirado con la primera sonrisa que le he visto desde que recibió la carta. Ha asentido con la cabeza, que ha apoyado en mi hombro.

—Sí, tienes razón. Tengo que comer para volver a estar fuerte. Cuando regresemos a España quiero que mi madre me vea bien.

Eso ha dicho, pero sé que ella sabe que no vamos a regresar en mucho tiempo. Y que su madre nunca la va a volver a ver.

# 56

Hace tiempo que no escribo en este diario porque supe que ya no estás entre los vivos, padre. No te mató la guerra, fue la mina la que se te llevó por delante como a tantos otros. Ya no leerás mi cuaderno, aunque en mis cartas ya te iba contando las cosas que nos habían pasado, así que estabas al día acerca de mi vida en Rusia.

Os escribí a madre y a ti cuando Magdalena y yo decidimos casarnos al poco de haber cumplido los dieciocho años. Antes no nos dejaron hacerlo. Sé que te llegó esa carta porque madre me lo contó en la misma misiva en la que me anunciaba tu muerte, entre toses negras como boca de lobo.

Hoy vuelvo a escribir porque he sido padre. No contaba con ello, al menos no tan pronto, pero ayer nació el pequeño Vladímir. Ha pesado más de tres kilos y Magdalena está feliz. Eso es lo que más me importa. Han pasado tres años desde que estamos aquí. Ella ha seguido estudiando y ya ha empezado Medicina, que ha sido siempre su mayor deseo. Aquí apoyan a las madres jóvenes que quieren continuar con su formación académica. Antes de la universidad, las clases han sido siempre en español. También nos enseñan Historia de España porque, en el fondo, nuestros maestros creen que volveremos un día a nuestro país y desde allí derrocaremos al régimen que impera.

Hace más de un año que ha terminado la guerra, y nadie dice nada de que vayamos a regresar. Creo que nadie quiere que volvamos. El mundo se ha complicado aún más y nadie sabe lo que va a pasar. Pero yo de momento estoy trabajando para ayudar a los soldados de mi nuevo país. Desde que empezó la guerra, todo ha sido muy extraño: Rusia se ha puesto del lado de Alemania. Ninguno de nosotros entendemos nada. Hay rumores que corren por todos los lados: dicen que hemos masacrado poblaciones enteras de Polonia, donde además hemos descabezado a todo el ejército. Incluso se dice que nuestros soldados han matado a todos los oficiales polacos. Eso dicen los enemigos del Estado porque no puede ser posible una aberración semejante.

De momento, seguimos ayudando en la fabricación de botas para los soldados, y en sillas para las monturas de los caballos. También recolectamos patatas en campos cercanos a la casa, hacemos leña para seguir teniendo calefacción.

Los niños que salimos de nuestra guerra ahora estamos colaborando con otra. Me parece que los que se marcharon a México tuvieron mejor suerte que nosotros, al menos allí no llegan nuestras guerras europeas. En cambio, los que se quedaron en Francia están viendo cómo Hitler ha entrado en París. Ayer, mientras celebrábamos el nacimiento del niño, nos contaron que han aparecido en nuestros periódicos imágenes sorprendentes: las tropas alemanas han entrado en París, y Hitler se ha hecho fotografías junto a la Torre Eiffel. Hay rumores terribles sobre cosas que dicen que están pasando; y en medio de esos rumores ha llegado Vladímir al mundo. Yo solo espero que la guerra, esta guerra nueva, acabe pronto y él se pueda criar en la paz que tanto hemos añorado. Hoy es el día de San Juan, el sol ha brillado más horas que cualquier otro día del año, pero el ejército de las sombras se va extendiendo hacia el oeste.

Me pregunto en qué momento se extenderá también por el oriente y llegará hasta nosotros.

También me pregunto si entonces me quedaré con los brazos cruzados.

# 57

Vladímir tiene casi un año, lo cumplirá mañana, 23 de junio de 1941, está gordito y tiene buena salud. Pero ayer pasó algo que nadie se esperaba desde que empezó esta guerra, que está llenando de muertos los campos de Europa. Hitler ha lanzado la que ha llamado «Operación Barbarroja» para invadir la Unión Soviética. En poco tiempo, este país ha pasado de ser su aliado a convertirse en su enemigo. Estamos siendo invadidos por fuerzas sombrías que tiñen de dolor el mundo que conocemos. Temo por mi pequeño niño, que va a sufrir en sus carnes una guerra a edad tan temprana. Al menos su madre y yo teníamos ya dieciséis años cuando nos evacuaron de nuestra guerra. Pero él...

—Todo se acabará pronto, Mauricio —me dice Magdalena—. El mundo no puede sostener una guerra por tanto tiempo.

—La nuestra duró tres años y nadie ha hecho nada después. Nosotros estamos aquí, anclados, y no nos dejarán salir.

—Somos «el oro de España». —Magdalena repite muchas veces esa frase, que siempre me ha parecido siniestra. Nos utilizan unos y otros para sus conveniencias.

—Solo somos carbón —le contesto—. Inflamamos las llamas. Nada más que eso.

—¿Crees que la guerra llegará hasta aquí?

No le contesto lo que pienso. Hitler ya llegó a París hace un año. Franco permanece en el poder en nuestro país. Casi toda Europa está controlada por los nazis. Rusia es grande y poderosa, pero Hitler se ha rodeado de hombres que saben cómo sacar partido de la propaganda: han convencido a demasiada gente. Me dan mucho miedo, pero no quiero manifestarlo delante de Magdalena...

—Nadie ha podido penetrar en estas tierras. Especialmente en invierno. La nieve y el frío pararon incluso a los soldados de Napoleón, que formaban el ejército más poderoso de la historia —le digo para tranquilizarla.

—Vladímir estará bien, ¿verdad?

—Claro. Es un chico fuerte. —Y sonrío cuando lo digo y levanto a mi hijo por encima de mi cabeza. Tiene los ojos risueños de su madre. Quiero que esa imagen me acompañe cuando ya no esté con ellos.

No se lo he dicho todavía a Magdalena, pero voy a alistarme en el Ejército Rojo. Quiero combatir contra los ejércitos de los hombres grises, como me gusta llamarlos. Y quiero hacerlo desde el aire. Desde el día en que vimos aquellos aviones amigos que sobrevolaban nuestro barco tan cerca, he querido ser piloto. De momento, he estudiado mecánica y matemáticas, sin decir la razón de mi elección de esos estudios. Solo yo la sé.

Mañana voy a ir al cuartel más cercano. Sé que están dejando alistarse a los españoles que ya hemos cumplido los dieciocho años. Yo ya tengo veinte y mucho que agradecer a este país que nos acogió y nos ha dado educación, y donde ha nacido nuestro hijo.

Magdalena se lo va a tomar muy mal, pero luchar contra los nazis es mi manera de defenderla a ella y a nuestro hijo. En la guerra también se pueden hacer actos de amor, y este va a ser el mío.

Tengo que ser fuerte y no ceder ante sus ruegos y ante las lágrimas que va a verter. Serán tiempos duros, pero cuantos más nos alistemos antes se acabará esta «Operación Barbarroja». Les sacudiremos bien y antes de que llegue el invierno los alemanes retrocederán al otro lado de nuestras fronteras. Nadie ha ganado nunca a la gran Rusia.

# 58

Cada vez escribo menos en este diario, que ya empieza a tener amarillas las primeras hojas, las que fui escribiendo en el primer barco, el que nos llevó hasta las costas francesas. Las tapas están ya medio rotas por todos los avatares que están viviendo, sobre todo en los últimos meses, desde que me alisté, hace ya casi un año. Escribo menos porque cada día siento que nadie lo va a leer. Me quedan ya pocas hojas en blanco y cuando se acaben no sé qué voy a hacer. ¿Compraré otro para continuar escribiendo? ¿O dejaré definitivamente de hacerlo?

Estoy lejos de todos a los que he querido alguna vez en mi vida. Magdalena y Vladímir siguen en Leningrado, que ha sido sitiado por las tropas alemanas. Hace más de un mes que no recibimos cartas de la ciudad. Mi batallón está más al sur y desde allí hacemos incursiones con los aviones contra el ejército alemán, que sigue avanzando, aunque se ha encontrado con el muro de resistencia que son las grandes ciudades, como Leningrado.

Antes nos llegaban puntualmente las cartas, fundamentales para mantener alta la moral de los soldados. Pero desde que el cerco se ha convertido en una pesadilla en todos los ámbitos, no tenemos el consuelo de las palabras de nuestras familias. Ni siquiera sabemos si están vivos o muertos. Hay rumores terribles: se acaba el agua, apenas hay comida; incluso dicen que los vivos se están comiendo a los muertos. No quiero creerlo. Mis compañeros tampoco. Todas nuestras personas queridas están en la ciudad.

Cuando vuelo, nada es como había imaginado. Pensaba que disfrutaría de ver el mundo desde el aire. Creía que las personas serían como hormigas y las casas, como los juguetes que le fabricaba a Vladímir en el taller en el que trabajaba. Un mundo estático, trazado como un dibujo a carboncillo. Pero no es así. Desde mi Yakovlev veo personas en movimiento intentando huir de las bombas que voy a soltar. No son un cuadro inmóvil, sino hombres jóvenes como yo, vivos como yo, con familias como yo, a los que tengo que matar para impedir que me maten a mí y que lleguen a Leningrado y maten a Magdalena y a Vladímir. Imagino el miedo de estos soldados, que es el mismo que tengo yo. Ellos lanzan su metralla hacia mi caza y también quieren matarme para que no los mate a ellos, ni llegue hasta donde están sus familias.

Hombres matando para intentar evitar la muerte. ¡Es todo tan absurdo y tan cruel!

También he oído que hay españoles entre las filas de los enemigos. Una división de voluntarios que han venido a Rusia a luchar a favor de los alemanes. A Rusia y en invierno. ¡Pero saben a dónde los han traído! Me pregunto qué clase de uniformes llevarán. Y espero que no lleven las mismas botas que los soldados italianos. Hace unos días, después de bombardear una de sus posiciones, aterricé en un campo de batalla. Cumplía las órdenes de contar las bajas y de ver la nacionalidad de los soldados. Eran italianos. Jóvenes como yo. La mayoría no había muerto por nuestras bombas, sino por el frío. Me acerqué a varios. Estaban congelados. Miré sus ropas y su calzado: sus botas estaban hechas de capas de cartón, que, al pisar la nieve, se mojaban e inmediatamente congelaban la carne, que se gangrenaba al poco tiempo. Lloré sobre varios de aquellos cadáveres. Se lo conté después a mi oficial.

—Mussolini ha mandado a sus hombres con las mismas botas con las que los mandó primero a Abisinia, en África, donde hacía calor, y luego los envió a tu tierra —me dijo.

—¿A mi tierra?

—Sí. A España, a no sé qué región del interior, donde hace mucho frío. Allí murieron congelados varios cientos de soldados italianos, que no podían luchar porque con aquellas botas no podían avanzar —comentó—. Pues con el mismo calzado los ha mandado al invierno ruso. Aquí los muertos de frío se van a contar por millares. No vamos a necesitar utilizar muchas bombas. El frío los está matando.

Hablamos de hombres muertos como si habláramos de hormigas muertas. Igual. Yo respiro hondo y solo pienso en volver a ver a Magdalena y a Vladímir. Aunque sé que estoy pidiendo demasiado.

# 59

Hoy hemos recibido noticias del encargado de nuestra casa en Leningrado. Los evacuaron hace dos meses, en marzo. Parece ser que la nuestra ha sido la última en ser evacuada de la ciudad. Lo hicieron en invierno para poder cruzar con los vehículos el lago Ladoga, que en esa época del año está helado. Pronto empezaría a deshelarse y por eso decidieron llevar a cabo la operación antes de que llegase la primavera y el deshielo. En la carta, se nos dice que todos están en buen estado, y que han podido huir a pesar de haberlo hecho bajo el fuego enemigo. Van camino de algún lugar secreto al otro lado de los montes Urales, donde todos estarán a salvo.

—¿No nombra directamente a nadie? —le he preguntado a mi superior, con la esperanza de que la carta hablara directamente con nombres y apellidos de las personas evacuadas.

—No. Pero dice que todos están bien. Puedes estar tranquilo, camarada Mauricio.

Pero no lo estoy. Conozco bien a Magdalena. Me cuesta pensar en ella esperando en la casa a ser evacuada. Habrá estado ayudando a los heridos en el hospital. Desde la casa hasta el hospital había más de media hora caminando cuando todo estaba normal. Entre balas, bombas y escombros puede tardar mucho más. Quién sabe si estará viva o muerta. La carta nos dice que los evacuados están bien. Pero ¿han evacuado a todos los que vivían en la casa? No puedo dejar de pensar en ello. Quizá Magdalena se quedó en el hospital hasta tarde y ya no le dio tiempo a llegar a la hora convenida para la evacuación. Todo eso asaltaba mi pensamiento de noche y de día. También cuando estaba en plena misión volando sobre personas en las que tenía que pensar como hormigas para que no me temblara el pulso a la hora de apretar el botón que lanzaba las bombas.

Magdalena. Cómo echo de menos sus besos, que en mi memoria tienen siempre el sabor salado del mar.

# 60

Estoy muy cansado después de la operación a la que me ha sometido el cirujano del batallón. Las hormigas han lanzado toda su artillería contra mi avión y esta vez han acertado. He conseguido aterrizar cerca de nuestra base, pero el aparato se ha incendiado. He pedido que me devolvieran mi cuaderno, que siempre he llevado conmigo en todas las misiones. Afortunadamente no se ha quemado ni ha sido alcanzado por la metralla, que sí ha entrado por varias partes de mi cuerpo. No sé por cuáles porque estoy bajo los efectos de toda la morfina que me han dado desde que me han rescatado.

He preguntado por Magdalena, pero Magdalena no está. Tal vez esté en otro hospital cuidando de otro moribundo como yo. Mi enfermera se llama Svetlana y es bella como un ángel. Se lo he dicho y se ha sonreído. No es la primera vez que un soldado al que cuida le dice cosas bonitas. Ella asiente, pasa su mano por mi frente, y por la de todos los demás que estamos en la misma situación, y nos miente.

—Te vas a poner bien. No te preocupes. Ahora duerme.

Pero yo no quiero dormir.

—¿Puedes escribir en este cuaderno lo que voy a dictarte? El brazo no me obedece ya —le digo.

—Claro. Espera, que cojo una silla y me siento.

Trae un taburete blanco como su bata y se sienta.

—¿Tienes lápiz?

—Está dentro del cuaderno, hay una goma que lo sujeta —le digo.

—Ah, ya lo veo. Pero no tiene punta. —Se queda callada un momento—. Voy a coger uno de los bisturíes usados que hay en la papelera.

Se levanta y regresa enseguida. Sabe que no debe tardar demasiado.

—¿Qué quieres que escriba? Oye, tienes una letra muy bonita —me dice mientras hojea el cuaderno—. ¿Escribes para tu novia?

No me apetece decirle que escribía para mi padre, luego para mi mujer y ahora no sé para qué ni para quién escribo.

—Escribe que han derribado mi avión y pon la fecha, por favor.

Ha estado un rato escribiendo. Creo que está anotando sus propias reflexiones acerca de mi estado y del suyo. No la culpo. Ella también necesita poner en palabras lo que siente. ¡Y qué puede sentir una enfermera en un hospital de campaña al que solo llegan moribundos a punto de expirar!

—¿Estás llorando? —le he preguntado.

—No —ha mentido—. Es que los olores de las medicinas me provocan irritación en los ojos.

—Ya.

—Mauricio —me ha llamado por mi nombre.

—¿Qué?

—Me gusta tu nombre. Y el de Magdalena también. Veo que es tu chica. Cuando esto termine quiero que me la presentes. ¿Me lo prometes?

—Claro. Ella estudia para ser médico. Seguro que ahora está haciendo lo mismo que tú en otro hospital.

En ese momento se ha acercado otro de los soldados, que se ha puesto de pie junto a mi cama.

—Mauricio. Eres Mauricio —ha dicho—. Mauricio y Magdalena. Porque has dicho Magdalena, ¿verdad, enfermera?

No sé por qué ese soldado sabe mi nombre y el de la única mujer a la que he querido. Se ha sentado junto a mi cama y se ha llevado la mano izquierda a la oreja derecha. Me ha dado un vuelco el corazón. Hace más de cinco años que no veo ese gesto, pero no me ha costado reconocerlo.

—Ezequiel. —He musitado su nombre.

—Sí —ha contestado.

No quiero que su nombre sea la última palabra que sale de mis labios. Por eso inmediatamente he seguido hablando y le he pedido a la enfermera que escribiera.

—Magdalena. Magdalena. ¿Te acuerdas de cuando te regalé el mar?

# MAGDALENA

# 61

John Adams me recogió en la pensión para ir juntos a lo que era la base aérea. Antes fuimos a uno de esos bares del Tubo a tomar un aperitivo. Me cogí de su brazo durante todo el trayecto. Él lo apretó hacia su cintura. Me gustó que lo hiciera.

—Me trajeron aquí mis colegas. Parece que hay siempre mucho ambiente.

—No sé. Es la primera vez que vengo.

—¿Sales poco? —preguntó.

—Sí.

—¿No tienes amigos en la ciudad?

Esa pregunta abría la ocasión perfecta para contarle quién era. Según Ezequiel decirle la verdad era la mejor manera de no levantar sospechas. De lo contrario iba a ser muy fácil averiguar mi pasado, y entonces John no habría confiado en mí.

—Así que pasaste veinte años en la Unión Soviética. No conocía a nadie que hubiera podido salir de allí. Sé que varios científicos lo han intentado. Alguno lo ha conseguido, pero no he tenido el gusto de haberlos conocido. ¿Es todo tan negro como lo pintan?

—No sé cómo lo pintan de negro fuera de allí. Pero puedo decirte que los que vivimos en Rusia no sabemos nada de muchas cosas —confesé.

—¿No sabes lo que hizo Stalin con millones de personas que eran críticas con el régimen?

—No.

—¿Y tampoco sabes que prohibió la música, el cine, el arte que consideraba burgueses?

—No. No lo sabía. —Recordé aquella primera frase de Ezequiel en el Crimea—. Pero no lo creo. Yo he estado muchas veces en la ópera, en el teatro, en el ballet, en conciertos. Todo lo cultural se potencia mucho en Rusia.

—Lo cultural que le gustaba a Stalin. Y lo que les gusta a sus sustitutos. Sé que había músicos que, cuando estrenaban una nueva obra, esperaban la llamada de Stalin. Si no le gustaba lo que habían compuesto, podían acabar en un gulag. O sea, en uno de esos campos de internamiento.

—Yo no sé nada de eso —le dije. Y era sincera. Muy pocas personas sabían de todo aquello que era secreto.

—¿Y por qué has venido a España? ¿No estabas a gusto allí?

—Tenía trabajo, un buen trabajo. Soy médico. Aquí me va a ser más difícil que me contraten en un hospital.

—Pero trabajas en un hospital, ¿no?

Me di cuenta de que, aunque muy levemente, había metido la pata.

—En una clínica privada. Pero como secretaria. Tardaré todavía un tiempo en conseguir la convalidación de mis títulos.

—Ya.

Se quedó callado. En ese momento pensé que se había arrepentido de haberme invitado a visitar las obras de la base. Probablemente empezaba a verme como un potencial peligro para la seguridad de su país y de toda la Europa Occidental. Tal vez lo era.

—Bueno, tengo el coche aparcado aquí cerca. ¿Vamos?

—Sí, claro.

Condujo un buen rato fuera de la ciudad hasta que por fin llegamos a un control lleno de policía militar americana. Le pidieron la documentación y preguntaron quién era su acompañante. Tenía conmigo el pasaporte amarillo que me definía como repatriada, pero no me lo pidieron. Lo que él les dijo de mí fue suficiente. Supuse que pensarían que era una putita y que no merecía más atención ni más preocupación.

Al otro lado de la valla, todo eran grúas y maquinaria pesada. Estaban construyendo una pista de aterrizaje larguísima, varios edificios de oficinas, barracones y casas para los oficiales que vinieran con sus familias.

—También habrá campos de deporte, guarderías, escuelas. En fin, esto va a ser una ciudad completa. ¿Te gusta?

—¿Te importa si fumo? —le pregunté mientras sacaba mi mechero.

—No sabía que fumaras.

—A veces. Solo a veces —le contesté.

# 62

No sabía cómo hacer las fotos sin que él se diera cuenta. Tampoco sabía qué era lo que podía fotografiar. Allí no había nada que pudiera interesarle a Ezequiel o a sus amigos. De haberlo habido, probablemente John no me habría llevado.

—Hasta dentro de dos años no lo tendremos terminado —me dijo, como si leyera mi pensamiento.

—¿Es el tiempo que vas a estar aquí?

—No. Me voy a ir dentro de dos meses, cuando ya todo esté en marcha. Después solo tendré que venir de vez en cuando para supervisar.

En ese momento me cogió una mano y se la llevó a los labios sin dejar de mirarme. Me dio una punzada en el estómago cuando me dijo que se iba a marchar tan pronto. No había vuelto a sentir algo así desde hacía mucho tiempo. Seguramente desde aquel día de 1942 en el que recibí la peor de las noticias.

Aquel día de 1942...

Ya no nos llegaban cartas del frente. Mauricio se había alistado y formaba parte de un batallón de aviones bombarderos. Nuestro niño tenía poco más de un año cuando su padre se fue. Lloré mucho, pero entendí que debía defender al que ya era nuestro país de la invasión que estaba llevando la destrucción a todo el continente. Éramos conscientes de que si no se les paraba en Rusia nada ni nadie podría ya detenerlos.

Se fue y a nosotros nos evacuaron en primavera. Antes de que se deshelara el lago. Los convoyes iban despacio, y a veces oíamos el hielo que se resquebrajaba a nuestro paso. Las bombas no dejaban de explotar a nuestro alrededor, y vimos dos camiones que rompían la superficie y caían en el agua helada sin que los ocupantes pudieran salvarse. Todo era horror a nuestro alrededor. Yo abrazaba a Vladímir y el contacto de su pequeño cuerpo me consolaba.

Tardamos semanas en llegar a un puesto seguro al otro lado de los montes Urales. La guerra nos perseguía y la teníamos siempre junto a los talones. Cuando parecía que estábamos en un lugar seguro, las sombras se cernieron sobre mí como no lo habían hecho jamás.

Primero fue la noticia de la muerte de Mauricio. Me la dio Vera, la directora del hospital de campaña en el que había empezado a trabajar. No podía creer sus palabras. Me tendió una carta, en la que una enfermera que se llamaba Svetlana me contaba que sus últimas palabras habían sido para mí, que me nombraba y decía si recordaba el día en el que me regaló el mar. Me eché a llorar. Lloré con desesperación, apenas podía respirar. Nunca había llorado así. No sabía que se podía llorar de aquella manera. El médico me puso una inyección para tranquilizarme. Me dormí y cuando me desperté estaba en una habitación que no reconocía. A mi alrededor había varias caras de personas con las que habíamos convivido en la casa de Leningrado, gente con la que habíamos crecido. Pero no reconocía a nadie. Algo se había bloqueado en mi cerebro. Algo que me servía para no asumir mi desgracia por la ausencia de Mauricio.

—Tienes que animarte, Magdalena —me decía una voz.

—Por el niño. Tienes que seguir adelante por esta criaturita —decían y me ponían delante a un chiquillo al que no era capaz de reconocer. Un nene que no paraba de llorar y de tender sus manitas hacia mi cara.

Era mi hijo Vladímir, pero en aquellos momentos el fuerte trauma que había sufrido al leer aquellas palabras que anunciaban la muerte de mi marido no me permitía distinguir a aquel niño que había llevado en mi vientre durante nueve meses del resto de las criaturas del mundo.

He tenido años para analizar mi reacción. Tal vez esa fue una de las razones para especializarme en Psiquiatría cuando terminé los estudios básicos de Medicina.

He tenido años para hacerlo, pero nunca he conseguido entender a la Magdalena de aquellos días.

# 63

Me costó varias semanas aceptar mi nueva situación. En ese tiempo, pasaron cosas. Se acercaba el frente hasta donde estábamos. El frente y la tuberculosis. Muchos niños morían porque la enfermedad, cobarde, se ensañaba con ellos, indefensos y cada vez más débiles, por el hambre y la tristeza.

Murieron muchos niños en aquellos años de la guerra. No tuvieron la suerte que Mauricio y yo habíamos tenido. Nadie los evacuó. Aunque a veces pensaba que, si nos hubiéramos quedado en España, tal vez Mauricio seguiría vivo. Y Vladímir no habría nacido para morir antes de cumplir los tres añitos.

Tuvo suerte Vladímir de morir junto a su madre, que lo acarició y besó hasta el final. Otros niños no la tuvieron. En otras zonas, los alemanes se los llevaban a orfanatos, los alimentaban bien y les sacaban la sangre para hacerles transfusiones a los soldados heridos. Creían que la sangre de los niños les daría fuerza para recuperarse pronto. Y tanta sangre les sacaban a los pequeños que morían enseguida.

Pero eso a los nazis no les importaba: había muchos niños más.

Sí. Mi Vladímir tuvo suerte porque nadie le quitó su sangre, que era la mía y la de Mauricio. Su sangre, que era todo el amor que nos habíamos tenido desde aquel día en la escalerilla del barco, cuando él se giró y me dijo que tenía una mancha en la mejilla. Aquellos besos de mi madre que no quería que se borraran.

Vladímir murió dos meses después de su padre y yo volví a trabajar en un hospital. No podía soportar estar sin hacer nada. Echaba de menos aquellos momentos en los que había rechazado sus abrazos después de la muerte de Mauricio. Cada recuerdo con aquella imagen era una puñalada en el alma. Estuve a punto de enrolarme en el ejército para vengar a mis muertos, y tal vez para dejarme matar. Había algunos escuadrones de mujeres piloto, pero no me veía yo apretando un botón para matar gente. No sé cómo saqué fuerzas para recuperar una parte de la voluntad que había dirigido mi vida hasta poco antes. Yo quería ayudar a vivir, no a matar. Por eso había estudiado Medicina. Por eso siempre quise ser médico. Como mi padre.

Así que volví a trabajar. Más delgada, demacrada y sin alegría, pero dispuesta a hacer todo lo posible por mejorar la vida de los que aún estaban vivos, ya que no podía hacer nada por mis muertos.

Solo llorar. Llorar y recordarlos.

# 64

No hice fotografías de las obras de lo que iba a ser una base aérea. No había nada que fotografiar. Y, aunque hubiera habido algo, probablemente tampoco lo habría hecho. No habría sido capaz de traicionar la confianza de John. La confianza y los sentimientos que poco a poco, y aunque quería negármelos a mí misma, estaban creciendo dentro de ambos. Por supuesto, esto último no se lo dije a Ezequiel cuando fue el lunes a media mañana a la clínica del doctor Palacios. Ni el médico ni su ayudante estaban, así que fue él el primero al que pude contarle lo que había visto.

—Nada —le dije—. No he visto nada.

—¿Cómo es posible?

—Solo hay grúas, que están construyendo lo que luego serán los edificios oficiales, los hangares para los aviones y las casas para los militares. Y la pista de aterrizaje. Larguísima. Pero no hay nada más. Nada que pueda interesar a la inteligencia soviética. Y John Adams va a regresar a su país dentro de pocas semanas. Su contacto no os va a ser de ninguna ayuda —concluí.

—Que la pista de aviación sea larguísima quiere decir que va a haber aviones grandes.

—No sé. Supongo.

—¿Y no tiene los planos?

—Si los tiene no los lleva consigo cuando sale a tomar un vermut o un cóctel conmigo —dije con tono irónico—. Y supongo que los planos los tendrá también el constructor.

—Habrá que buscar otro contacto. Esta clínica y tú estáis demasiado vigilados.

—¿Qué quieres decir?

—El doctor y su ayudante no están en su consulta, ¿verdad?

—No. Me ha extrañado. Pero no siempre están —afirmé.

—Hoy los están interrogando en la comisaría. Nada extraordinario. Pura rutina. Les estarán preguntando por ti. Están limpios. Nadie sospecha de ellos.

—¿Y de mí?

—Vienes de Rusia —contestó mientras se llevaba la mano a la oreja—. Eso ya es sospechoso por sí solo.

—¿Y tú?

—Nadie sabe quién soy. Solo tú. Para todos soy Mauricio San Bartolomé Argandoña.

—¿Y si descubren quién eres?

—No pueden demostrar que no sea Mauricio San Bartolomé. Solo tú podrías descubrirme. Y no lo harás, ¿verdad que no, Magdalena? —me retó.

—¿Qué te hace pensar que no te delataré?

—Porque eres buena. Siempre lo has sido. Incluso fuiste amable conmigo en el barco. Y con todos los demás. Sé tu historia y tengo algo para ti. Algo que nos unirá de tal manera a ti y a mí que hará imposible que puedas hacerme algún daño —dijo con un tono que odié al instante.

—¿A qué te refieres? ¿Y por qué dices que sabes mi historia?

—Sé que te evacuaron de Leningrado con tu hijito.

—¿Cómo sabes que yo tenía un hijo? —Cuando lo mencionó unos días atrás, no me atreví a preguntarle.

—Sé que Mauricio y tú os casasteis y tuvisteis un niño. Vladímir, ¿verdad?

Apenas pude mover la cabeza para asentir. Llevaba años intentando no decir ni escuchar ese nombre.

# 65

—Sé que el niño murió de tuberculosis como tantos otros. Y que Mauricio pensó en ti justo antes de morir.

—Mauricio… —balbuceé apenas.

—Estaba a su lado cuando murió.

—¿Qué estás diciendo?

—Fue en un hospital de campaña, cerca de Leningrado. Su enfermera también fue la mía, Svetlana. Una joven muy hermosa. No le levanté las faldas, no te preocupes. —Se rio.

—¿Viste a Mauricio en el hospital? —le pregunté.

—Oí que la enfermera lo nombraba y junto a su nombre decía el tuyo, Magdalena. Nos separaban solo dos camas. Me levanté como pude y me acerqué. Y allí estaba él, dictándole unas palabras a la enfermera para que escribiera en un cuaderno.

—¡Su cuaderno! —exclamé—. Siempre lo llevaba consigo. Pensé que se había perdido cuando lo derribaron. Cuando la enfermera me escribió para informarme de su muerte, solo recibí su carta. Ni rastro del cuaderno.

—Mauricio murió pocos minutos después. Yo mismo le cerré los ojos, le dije a la enfermera que era amigo suyo y le pedí el cuaderno. Le prometí que te lo daría un día.

—¿Has tenido el cuaderno todo este tiempo? —pregunté sorprendida.

—Te busqué, Magdalena. Te busqué cuando salí del hospital y cuando terminó la guerra. Fui hasta aquel pueblo en los confines donde os habían llevado. En el hospital me dijeron que ya no estabas allí. Me contaron lo del niño, y que no sabían dónde estabas. A mí me mandaron a Stalingrado. Hice un par de cosas que no estuvieron bien y me deportaron a Siberia. —Hizo una pausa—. Allí estuve en trabajos forzados más de doce años. Me dejaron salir cuando los españoles empezaron a mover los hilos para repatriarnos una vez muerto Stalin. Me dijeron que me sacarían de Siberia y del país si trabajaba para ellos. Si les informaba sobre lo que está pasando en España ahora que Franco se ha hecho amigo de los americanos. —Su tono se volvió grave—. Les pedí que me dieran una identidad diferente. Aquí no quería volver a ser Ezequiel. Había leído el cuaderno de Mauricio, me había visto desde sus ojos, y no quería reconocerme en aquel niño lleno de odio y de resentimiento. Les propuse yo mismo el nombre de Mauricio. Y aquí estamos.

Escuché atónita su narración. Me habría esperado que me contara cualquier cosa menos esa. Me costaba creer que Ezequiel hubiera acompañado a Mauricio en sus últimos momentos, pero todo encajaba. Y estaba a punto de hacerlo aún más.

—¿Y el cuaderno?

Abrió la mochila y sacó el viejo cuaderno de tapas de piel que tantas veces había visto, y que Mauricio había empezado el día que nos conocimos. Ezequiel me lo tendió. Me temblaba la mano. Me temblaba el cuerpo entero. Me temblaba el alma.

—Espero que no te importe que lo haya leído.

—No me importa. Me importa que me lo hayas traído. Nunca te lo podré agradecer bastante.

—Es suficiente con que no me delates. Sé que no lo harás.

—No lo haré.

Tener aquel cuaderno conmigo era en parte como volver a tener a Mauricio y a Vladímir en mis brazos. Me lloraban el alma y la memoria, pero conseguí que no salieran lágrimas de mis ojos, que seguramente era lo que Ezequiel esperaba.

—¿Qué vas a hacer ahora? —le pregunté.

—Tengo todavía una misión que cumplir en mi pueblo. ¿No te acuerdas?

—No quiero acordarme —le dije. Por supuesto recordaba su deseo de venganza hacia el hombre que había asesinado a su padre—. Ten cuidado, Ezequiel.

—Lo tendré. ¿Y tú qué harás?

—No lo sé.

—Vete lejos. Lo más lejos que puedas. Márchate con el ingeniero americano. Olvídate de todo esto. Olvídate de mí, de los barcos, de las guerras. Olvídate de esa parte de ti misma que te trae tristeza.

—No voy a olvidar nada —le dije mientras apretaba en mi pecho con la mano izquierda el cuaderno. La mano derecha la tenía en la suya—. Ni lo bueno ni lo malo. Todo forma parte de Magdalena Aristegui.

—No olvides. Pero márchate, Magdalena Aristegui Barrios.

—Adiós, Ezequiel. Nunca supe tu apellido.

# 66

Ezequiel me dedicó una última sonrisa y se marchó.

Nunca lo volví a ver.

A John Adams tardé siete semanas en verlo. Me mandaba cartas, que yo no contestaba o que respondía dándole largas. Había estado leyendo el cuaderno de Mauricio cada día desde que llegó a mis manos. Había repasado en mi memoria todos los recuerdos que llevaba años acogiendo, algunos de los cuales dormían agazapados a la espera de que algo los despertara. También aquellos versos que escribió para mí poco después de que nos conociéramos.

> *El viento tu rostro mece*
> *mientras se pone a cantar.*
> *Cielo y Tierra se oscurecen,*
> *para regalarte el mar.*

Aquellos recuerdos de los barcos, de la Unión Soviética, de una guerra y de otra guerra convivían en el mismo espacio de mi memoria, con los de los días pasados con un ingeniero americano. Yo ya sabía que la memoria es así de caprichosa y de injusta, pero, aun así, me parecía extraño.

Tal vez Ezequiel tenía razón y debía marcharme. Al fin y

al cabo, lo que me quedaba de Mauricio y de Vladímir iba a seguir siempre conmigo, en cada rincón de mi pensamiento, estuviera donde estuviera.

John vino a la consulta de la clínica del doctor Palacios, donde seguí trabajando de secretaria hasta la tarde en la que entró por la puerta de mi despacho.

—Me voy mañana, Magdalena. He estado pensando y pensando todas estas semanas. Te he escrito y no me han convencido tus respuestas. Tampoco he querido importunarte con mi presencia. Supongo que tu silencio indica que no quieres volver a verme. Pero entenderás que tengo que intentarlo. Como decís en este país, «el no ya lo llevo».

—¿Te vas mañana ya? —pregunté.

—Sí. Vuelvo a Estados Unidos. Y…, bueno, no sé cómo decirlo sin que te enfades. Pero tengo que probar.

—¿Qué es lo que tienes que probar?

—¿Quieres venir conmigo? —dijo por fin.

—¿Qué? —Me sorprendió su proposición a pesar de los momentos hermosos que habíamos pasado juntos, y a pesar de la recomendación de Ezequiel, a la que le había dado más vueltas de las que yo misma hubiera esperado.

Hasta ese momento no había pensado ni remotamente que John me fuera a hacer una propuesta de ese tipo. Había llegado a España después de veinte años y no sabía qué hacer con mi vida. Había seguido las instrucciones de Ezequiel y había estado a punto de convertirme en espía sin saber por qué y sin ninguna voluntad de serlo. Me había dejado llevar, igual que con mis dieciséis años alguien decidió por mí y me subí a un barco, y a otro y luego a otro, para pasar una parte de mi vida en un país lejano.

No. No había nada que me retuviera en mi país de nacimiento, como tampoco nada me había retenido en mi tierra de adopción. La Magdalena de aquellos dieciséis años ya no existía. Tampoco la mujer que había amado y perdido todo aquello que la había hecho feliz durante unos pocos años. Tal vez no era descabellado intentar encontrarme con otra Magdalena en otro lugar del mundo. Una Magdalena que guardaría siempre dentro de ella a la niña, a la adolescente, a la mujer que había sido hasta entonces.

—Que si quieres venir conmigo, Magdalena. Ya sé que has estado casada, que tuviste un hijo que murió en Rusia, igual que tu marido. Sé que has tenido contactos con agentes soviéticos. Pero también sé que no has revelado nada de lo que viste cuando visitaste conmigo la base aérea.

—No había nada que revelar —le contesté después de que mi corazón empezara a latir más deprisa de lo normal al escuchar sus palabras.

—Quizá porque no te fijaste bien —dijo con una sonrisa—. O porque soy tan buen ingeniero que no he dejado nada importante a la vista.

—Pero ¿cómo es que sabes todas esas cosas de mi vida en Rusia, mi marido, mi hijo? —En aquel momento me pareció que todo el mundo, es decir, Ezequiel y John, sabía más de mí que yo misma.

—Eres muy inocente, Magdalena.

Lo miré con cara de sorpresa. No me consideraba a mí misma como una persona inocente.

—La CIA vigila, vigilamos, a todos los que habéis venido de Rusia. Saben, sabemos, de vuestros movimientos en el presente y en el pasado. Yo creo que conocen, conocemos, incluso vuestros pensamientos más íntimos.

Eso todavía me sorprendió más que su propuesta. John Adams era, y es, agente de la CIA; y yo había sido mucho más inocente de lo que creía. No era yo quien lo estaba vigilando a él. Era al revés.

—Esos, mis pensamientos más íntimos, nunca los sabrán. Ni ellos ni tú —le dije mientras le cogía la mano y me la llevaba a la mejilla.

No. Ni él ni nadie sabrán nunca todo lo que guarda mi memoria. Mis dolores y mis risas. Mis nostalgias, mis deseos. Mis ausencias y mis sueños.

Las palabras, los desiertos, todos los océanos que viven dentro de mí. También la tierra, la que dejamos, la que nos acoge; el cielo con todas sus estrellas, entre las que respira siempre el recuerdo de mi pequeño; los vientos con sabor a sal y a memoria…

No. Ni él ni nadie sabrán nunca todo lo que amé a aquel chico que me regaló el mar.